KB234256

먹자골목

먹자골목

초판 1쇄 인쇄일 2013년 10월 18일
초판 1쇄 발행일 2013년 10월 25일

지은이 김시은
펴낸이 양옥매
디자인 오현숙
교정 장하나

펴낸곳 도서출판 책과나무
출판등록 제2012-000376
주소 서울특별시 마포구 월드컵북로 44길 37 천지빌딩 3층
대표전화 02.372.1537   팩스 02.372.1538
이메일 booknamu2007@naver.com
홈페이지 www.booknamu.com
ISBN 978-89-98528-69-0(03800)

이 도서의 국립중앙도서관 출판시도서목록(CIP)은 서지정보유통지원 시스템
홈페이지(http://seoji.nl.go.kr)와 국가자료공동목록시스템
(http://www.nl.go.kr/kolisnet)에서 이용하실 수 있습니다.
(CIP제어번호 : CIP2013021224)

먹자골목

김시은 지음

책과나무

04 먹자 골목

먹자골목

어둠이 내리기 시작합니다.
화려한 네온이 하나 둘
깜박거리기 시작하더니
또 다른 밝음이
휘영청 떠오른 달님의 밝음마저
잊어버리게 만듭니다.

연예인 저리가라
화려한 차림, 젊음의 모습이
짝을 이루어 하나 둘 거리를
채우기 시작하네요.

간혹은 흐뭇한 노부부의
맞잡은 손이 멋진 모습으로
머물기도 하구요.
고운 모습에 흐뭇한 미소가
잠시 머무릅니다.

열 서넛 모인 저 사람들은
회식이라도 있는 모양입니다.
웃음이 가득한 걸 보니
기분 좋은 회식이었을 거란
생각이 드네요.

술에 취해 언성을 높이는
언짢은 기분을 드러내는 모습도
거리 한 구석을
차지하고 있습니다.

어디 그뿐입니까?
정신없이 음식을 나르는
바지런한 모습도,
주방 한 켠에서
구슬땀을 흘리는 모습도……
어디선가 흘러나오는

노래 소리에 흥얼거리며
함께하는 흥겨운
모습들도 여기저기에서
보입니다.

집으로 가기위해
지나쳐야하는 먹자골목.
대로변 이면도로에
가득하게 모여든 먹자골목엔
사연 많은 사람들이
하루를 마무리하기 위해
가득하게 모여들었습니다.

어둠이 내려앉은 시간.
또 다른 밝음으로 시끌벅적
시작되는 먹자골목에는
재미난 사연들도 많겠죠?

자정이 지나 네온 빛이 하나둘씩

사라지며 깊은 밤을

알리기 전까지는요.

　어린아이부터 연세가 지긋하신 어르신까지 한번쯤은 모여 사연
많은 가슴을 털어 놓는 곳. 바로 먹자골목의 먹거리 가게들이죠.
수많은 사람들의 이야기가 살아 숨 쉬는 곳. 소소한 먹자골목 사연
들을 지금부터 짧은 이야기로 들려 드릴게요.
　편안한 마음으로 들어 주시길 바랍니다.

김 시 은

Contents

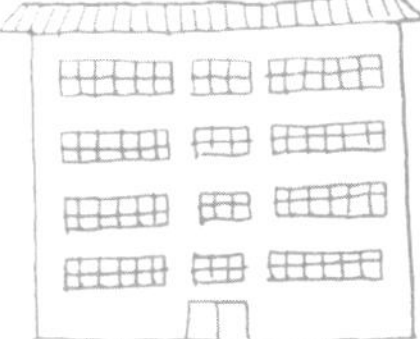

집으로 가기위해

지나쳐야하는 먹자골목

대로변 이면도로에

가득하게 모여든 먹거리 골목엔

사연 많은 사람들이

하루를 마무리하기 위해

가득하게 모여들었습니다

멈춰 선 그대에게 스스로 다가오는
행복이란 없다

주유소 아르바이트를 끝내고 걷기도 불편한 다리를 절어가며 집으로 향하는 시영이. 짙은 어둠이 그녀의 힘들기만 했던 삶 속의 색인양 그녀를 맞이하는 시간은 그녀의 바쁜 발걸음을 재촉한다.

가로등 주홍빛 불빛은 그녀의 앞날이 더욱 밝음으로 내딛게 될지, 아니면 어둠의 나락으로 인도하게 될지 양면의 세월을 제시하듯 그렇게 은은함으로 그녀를 마중한다.

남보다 조금 불편한 몸으로도 이리저리 부지런함으로 똘똘 뭉친 그녀다. 정상적으로 걸을 수 없는 걸음걸이, 지적인 내면의 소양을 가졌으나 어눌한 말투는 그녀를 조금 부족한 사람으로 보이게 만든다.

시영이가 무엇보다 원하는 삶은 평범한 삶이다. 그저 평범하게 보통 사람처럼 살아가는 삶이다.

몸이 불편한 그녀지만, 정상적인 몸을 가진 보통 사람들 보다 열심히 일하고 또 해낼 수 있는 그녀인건 분명하다. 사회라는 이익집단에 이력서를 낼 때마다 한 번의 절망, 두 번의 절망……. 수없이 많은 절망을 겪어 왔지만, 단 한 번도 무너졌던 적이 없던 멋진 그녀였으니까.

밝음이 머무는 시간에는 편의점 아르바이트를, 그리고 어둠이 다가오는 시간에는 주유소에서 시간제 아르바이트를 하며 삶을 멈추지 않고 있는 그녀다.

잠자는 서 너 시간을 제외한 온 하루를 투자해서 벌어들이는 현금 나부랭이는 고작 한 달 백 이십에서 백 삼십만 원 정도. 그녀를 지치게 하는 삶의 대가가 고작 종이로 만든 몇 푼의 현금이지만, 그녀는 오늘도 이른 새벽부터 하루를 열어 갈 준비를 분주히 했었을 게다.

서너 시간 자는 와중에도 그녀는 꿈을 꾸었을 것이다. 날아오르는 꿈을. 남들처럼 평범한 날개를 가지고 양 날개를 퍼덕이며 날아오르는 기분 좋은 꿈을 꾸었을 것이다.

몇 해 전 그녀가 내 공간에 고객으로 찾아왔던 기억이 너무나도 선명하게 떠오른다. 불편하지만 주변을 밝게 하는 환한 미소로 내게 다가왔던 그녀의 모습이…….

"요즘 많이 힘들지? 불편한 데는 없는 거니?"

하고 묻는 내게 그녀가 말한다.

"다 그렇죠 뭐. 저보다 힘든 사람들도 살아가는데요. 불편해도 움직이지 않으면 아무것도 할 수 없잖아요. 그래도 움직이고 뭐든

할 수 있어서 행복한 걸요.”

　그렇게 짧은 몇 마디 말로 나를 깨우치는 그녀다. 부끄러운 나의 얼굴과 약간의 힘겨움이 다가올 때마다 한숨으로 현실은 대면하는 주변인들의 얼굴이, 한심함으로 다가온다.

　힘들어도 항상 웃음을 잃지 않는 시영이의 얼굴을 바라 볼 때마다 이제는 떠오르는 진리 같은 하나의 말이 가슴 속에 또렷하게 박힌다.

　“불편해도 움직이지 않으면 아무것도 할 수 없잖아요. 뭐든 할 수 있어서 행복한 걸요.”

　멈추어 선자에게 ‘행복’이란 스스로 다가오지 않을 거라는 진리 같은 깨우침의 그 말이 자꾸만 가슴으로 스며든다. 아마도 그녀의 주홍빛 가로등은 점점 더 밝아질 거라는 생각이 든다.

　어김없이 그녀를 마중하는 주홍빛 옅은 가로등은 늦은 그녀의 귀가 길을 비추고 있을 것이다.

　오늘도 서툰 시영이의 발걸음이 꼬이지 않도록…….

멈춰 선 그대에게 스스로 찾아오는 행복이란 없다.
행복이란 스스로 찾아가야만 하는 능동적인 삶 속에 존재한다.

미소 짓는 아그리파

고등학교 2학년에 재학 중인 태수는 아그리파 조각상을 그리고 있었다. 이미 수준급 실력의 태수가 초보수준의 연습용 데생으로 하기 좋은 아그리파를 흠뻑 젖은 땀으로 그리고 있다.

태수는 천재적인 재능을 타고 난 아이였지만, 안타깝게도 당분간은 그림을 그리기 부담스런 상황이 돼 버렸다.

"얘들아, 공 차러 가자."

정신없고 요란스런 점심시간, 10분 만에 후다닥 점심 급식을 마친 태수는 몇몇 친구들과 땅땅하게 바람이 들어간 축구공을 하나 들고, 볕 좋은 운동장으로 향했다. 이리저리 공을 차기도 하고, '인마 전마' 불러가며 한여름 땀방울 쏟아내기를 30여분. 점심시간의 끝을 알리는 익숙한 종소리가 들려온다.

마지막 스퍼트! 멀리서 묵직한 힘을 실어 날아오던 땅땅한 공을 잡으려다, 동시에 잡으려고 달려온 덩치 큰 녀석과 부딪힌 태수는 그만 그 자리에서 넘어져 버린다. 중심 잡을 겨를도 없이 넘어지면서 짚었던 오른손, 찌릿하게 전해져 오는 심한 통증에 참을 수 없는 눈물이 하염없이 흘렀다. 점심시간이 간당간당 끝나가던 짧고 다급한 시간에 일어난 일이었다.

"넘어져 다친 손목은 인대가 조금 늘어난 것뿐입니다. 그런데 혹시 평소에도 팔꿈치부터 손목 까지 내려오던 통증은 없었나요?"

"평상시 오른손 통증은 조금 있었지만, 그냥 진통제 한 알 먹고 나면 괜찮아지곤 했어요."

이리저리 엑스레이 사진을 살펴보던 의사는 작지만 깊은 한숨을 몰아쉰다.

"태수군은 손목 척골 증후군이에요. 평소 많이 아프지 않았어요? 통증이 심했을 텐데……. 손목을 무리하게 많이 사용하는 사람들에게서 나타나는 증상인데, 손목 왜곡 뼈가 자라서 신경을 짓누르거나 뼈끼리 충돌을 일으켜서 통증을 유발시키는 증상입니다."

"선생님, 그럼 이제 더 이상 제 손목을 쓸 수 없게 되나요?"

불안감에 휩싸인 태수가 초조하게 묻는다. 의사를 바라보는 태수의 눈에 방금이라도 떨어질 듯 눈물이 그렁하게 맺힌다.

"그렇지는 않습니다. 초기엔 약물치료가 가능하지만, 지금 태수군은 뼈가 많이 자란 상태라 간단한 수술을 하고, 약물치료만 꾸준히 한다면 충분히 다시 일상생활 하실 수 있으니 걱정하실 정도는 아닙니다만, 당분간은 손목 사용을 자제 해야겠지요."

덜컹거리던 마음을 숨길 수 없었던 태수는 다시금 마음의 안정을 찾는다. 조금은 지나칠 만큼 그림을 좋아하던 태수.

꼬맹쥐 시절부터 늘상 온 집안에 낙서를 하고, 색연필로 색감을 넣을 수 있는 공간이면 어디든 알록달록 예쁜 그림을 그리곤 하던 아이다. 각종 사생대회에서는 상을 휩쓸던 수재인 아이. 단지 그림이 좋아서, 그림 그리는 시간이 제일 행복하다고 말하는 아이다.

열 평 남짓 조그만 미술실 한 켠에서 눈을 찡긋 감아가며, 열심히 각을 세우는 태수. 수술 후 오른손에 감아놓은 누른 색깔의 붕대 때문에 그릴 수 없는 그림을 어색하기 짝이 없는 왼 손 놀림으로 하고 있다. 못난이 아그리파의 그림이 나올지라도, 그림을 그리고 있는 지금 이 시간만큼은 행복하기만 한 태수의 눈빛은, 초점이 예리하고 강렬하다.

3분의 2쯤 닳아 없어진 미술연필이 손놀림을 조금 더디게 하지만, 살짝 올라간 입 꼬리를 간직한 아그리파 조각상의 입모양이 태수의 앞날을 예견하듯 포근한 미소를 짓고 있다. 태수의 고운 열정이 무럭무럭 자라나길 바라는 듯 옅은 미소를 짓고 있는 아그리파!

"태수야, 아지매도 응원할란다. 파이팅이다!"

S. CODE E 2

열정은 땀방울이 만든다. 가슴에 품은 꿈이 가득한 사람에게 땀방울은 '이룸'을 선물한다.

사랑의 세 때를 먹고 자란 아이

낮부터 햇살을 받아 따스함을 흡수한 모래 더미에서 아이는 하루살이 야채시장에 행상 나간 어미를 기다린다. 가벼운 기침을 콜록거리며 모래 더미는 어미를 기다리는 지루한 아이의 장난감이 되어 주었다. 두꺼비집도 되고, 때론 모래성이 되어 주기도 하며……. 겨울 해는 어느덧 붉은 기운을 드러내며 노을빛으로 물들이고 있었다.

어둠이 노을빛을 감싸기 시작할 즈음 겨울 속의 따스함이 아이의 하품을 만들고, 이내 스르륵 감기는 눈과 함께 고개를 꾸벅거렸다. 아이는 이겨낼 수 없는 잠에 든다.

하루살이 야채장사를 마치고 손끝이 갈라지는 아픔을, 지쳐가는 노을 틈으로 이끌고 집으로 돌아온 어미는 무거운 짐을 내려놓았다.

종일 저녁상을 기다리던 노모의 한 끼니를 챙기기에 바쁜 어미의 분주함과 피곤함. 따끈한 물에 몸을 녹이고 야채시장 먼지를 걷어 낸 어미는 개운함에 늘어지는 하품이 쏟아진다.

어미는 갑자기 허전한 마음에 두리번거리기 시작한다. 그녀를 이
토록 허전하게 만드는 것은 무엇이었을까?

건넌방에 잠 들었으려나 했던 이제 갓 일곱 살 먹은 어린 딸. 이
방에도 저 방에도 창고에도 부엌에도…… 없다! 가진 것 없는 살림
살이에 집이라곤 무너져 가는 방 두 칸짜리 월세 방. 뒤질 것도 없
는 좁아터진 집구석을 이 잡듯 뒤졌지만 아이는 없다.

가슴이 왈칵 쏟아진다. 아이가 없어졌다. 순간! 두 눈의 시야가
흐려진다. 아이의 아비는 이 시간 늦은 밤 벌이에 나선지라 연락할
길이 없다.

어미는 차갑게 얼어붙은 길바닥을 허둥지둥 나선다. "내 사랑하
는 아이야 내 딸아 어디에 있는 거니" 목이 터져라 외쳐 가면서 말
이다. 눈물이 흐를 만큼 흐르고 쉬어 터질 만큼 목이 아프다.

어둔 밤이 무서우리만치 더 어둡게 느껴진다.

두 다리에 힘이 풀리고, 두 팔은 떨어져 나갈 것 같았고 피가 맺
힌 발바닥은 아픈지도 모를 만큼 시린 겨울의 밤 기온에 얼어붙어
있었다.

모퉁이를 돌아 모래 더미에 주저앉은 어미는 못내 자신의 신세가
한탄스럽기만 하다.

아이는 차가워진 밤 기온과 식어버린 차가운 모래 더미에서, 추
위를 움찔움찔 느끼다가 신음하기 시작했다.

"엄마 추워……."

가느다란 신음 같은 목소리로, "내가 여기 있어요."라고 알리는 신호탄을 조용하게 터트린다. 실낱같이 들리던 떨리는 목소리. "추워……."

어미의 귀엔 너무도 크게 아이의 목소리가 들린다. "엄마, 나 여기에 있어요!"라고…….

동그랗게 놀란 어미의 두 눈엔 이미 다 흘려서 없을 것 같았던 눈물이 또다시 주르륵 흘러내렸다.

아이를 품고 안도의 한숨을 내쉬던 어미는 풀어진 긴장에 방으로 들어섰다. 안심의 화가 난 어미는 아이의 등짝을 이내 몇 대 때리고 만다. 너무나 미안해서, 너무나 속상해서, "미안해, 미안해." 하면서 말이다.

새벽녘 아비는 밤 벌이를 마치고, 붕어빵 한 봉지와 순대 한 봉지를 사들고 집으로 돌아왔다. 늦은 귀가에도 반갑게 맞이하던 아이와 엄마는 오늘따라 미동도 없다. 이상하다.

아비는 아이의 몸을 흔들었다. "내 딸아 아빠 왔는데……." 아비는 아이의 몸을 짚어 보는 순간 불덩이 같은 아이를 발견한다.

눈앞이 캄캄해 온다. 가슴이 철커덕 내려앉는다. 내동댕이쳐진 붕어빵과 흩어진 순대 봉지를 뒤로 하고 아이를 들쳐 엎고 머릿속이 까맣게 뛰기 시작한다.

"무슨 일이 있었던 거야. 대체 무슨 일이……."

아이는 그날부터 지독한 열 감기를 앓았다.

노을빛을 홀로 바라보던 아이는 따끈하게 덥혀진 모래 더미와 친구가 되어, 종일 보고 싶은 어미와 아비를 그리고 또 그리며 홀로 외로운 성장통을 앓았다.

아이는 외로웠지만, 쓸쓸했지만, 어미와 아비가 늘 그리웠지만, 그 누구보다도 아름답게 자라났다.

갈라진 손으로, 야채를 다듬던 깜장 때가 묻은 손으로, 아플 땐 넓은 등판으로 들쳐 엎고 정신줄을 놓던 발걸음으로 감싸 안았던 어미와 아비의 감동의 사랑으로 '세 때'를 먹었기 때문이었다.

S. CODE D 3

사랑으로 끼니를 먹는다는 건 사랑의 마음을 흡수하는 것이다.
사랑의 마음을 흡수하며 자란 아이는 사랑을 베풀 줄 아는
아름다운 사람으로 자라나게 될 것이다.

비 선생의 첫사랑

처음엔 사랑인 줄 알 수 없었다고…… 푸념 섞인 한마디를 하며, 가슴으로 한숨 쉬어 낸다. 묵직하게 내려앉은 구름 덩어리가 이내 지나간 그녀를 떠올리게 만드는 건, 어찌할 수 없는 비 선생의 그리움을 키우는 이유가 되어 버리고 만다.

"유난히 기다랗고 곧게 뻗은 그녀의 손가락은 건반을 휘어잡아, 아무것도 없는 공간을 아름답게 흔들어 놓고 있었죠. 그 모습이 나를 사로잡고 있는 줄은 첨엔 몰랐었다니까요.

잘난 척이 아니고요, 난 정말 잘난 남자였어요. 꽃미남처럼 황홀한 내 미모에 여학생들이 줄 지어 있었으니까요. 좀 재수 없으려나요? 그렇지만 정말 잘난 건 사실이었으니까요.

한순간 스치듯 바라보았던 건반 위의 손가락이 내 마음을 흔들어 놓을 줄은 꿈에도 몰랐답니다. 그녀는 그렇게 소리 없이 조금씩, 조금씩 내 마음에 들어왔죠. 알듯 말듯 소리 없는 신호를 내 가슴에 보내면서요.

학교가 끝나면 그녀가 아르바이트하는 편의점을 습관처럼 들렀고, 또 그녀 역시 내가 있는 곳이라면 어디든 달려와 주고는 했죠. 그렇게 미소와 행복을 가두어 놓았던 시간이 정신없이 흘러 버리더군요.

휴학을 하고, 가기 싫은 군대도 가야 했고요. 조금씩 그녀와 나의 아름다운 시간들을 갈라놓는 방해꾼들이 나타나기 시작하고, 결국은 특별한 약속도 없이 소리 없는 이별을 해야만 했었죠. 이별하자는 말도, 다시 만나자는 말도…… 그 어떤 말도 못하고, 아무런 약속도 없이 우리는 그렇게 소리 없는 이별을 하고 말았답니다.

지금 난 제대를 하고, 아이들에게 아름다운 인생의 리듬을 가르치는 선생이 되어 있습니다. 간혹 건반을 가로지르는 예쁜 학생들을 바라보고 있노라면, 그리운 그녀가 떠오르곤 합니다. 아무런 약속도 없이 그렇게, 그렇게 내 기억 속에서만 살아있는 그녀가 말입니다.”

비 선생은 더 이상 말을 잇지 않았다. ‘보고 싶다’라는 말도, ‘다시 찾아 가야겠다’는 말도, 그 어떤 말도 이어가지 않았다.

무겁기만 한 겨울 솜이불처럼 나지막한 구름이 가려 버린 오늘 같은 날.

아마도 그녀의 이야기를 더 꺼내 보다가는 가슴을 쓸어내려야 할 그리움의 통증이 감당되지 않을 듯한 눈빛이다.

비 선생의 눈가에 슬그머니 내려앉은 눈물을 바라본다. 또다시

그리움의 빗방울이 떨어지려는지 차가운 봄의 수증기가 가득함을
느낀다.

　나의 눈가에 맺히는 그리움도 함께 떨어지려나 보다.

S. CODE U 4

그리움이란 삶속에 시시때때로 존재하는 가슴앓이라 한다.
삶이 끝나는 날까지 간직하는 그리움이 아픔일지라도,
그리움으로 아름다운 사랑을 완성한다.

그동안 잘 지냈니?

한 잔 술에 세상사를 이야기하러 모인 사람들 틈에서 아무 말도 없이 술잔만 비워 내는 두 사내를 바라본다. 너도나도 자신의 이야기에 시끌벅적 떠들어대는 사람들. 웃음을 띠우기도 찌푸리기도 하며 입담을 과시하는 그들 틈에서, 아무런 말없이 한 잔 두 잔, 술잔을 기울이는 두 남자. 왜인지 두 남자의 눈엔 많은 얘기들이 담겨 있음을 느낀다.

아무 말도 없다. 그저 바라보는 눈빛으로 하는 말.

"너 요즘 많이 힘드냐?"

"세상사 다 그렇지 뭐~ 너는 어떤데?"

"나는 늘이다. 똑같은 아침 점심 저녁이 지겹다."

"너도 그러니? 나도 그런데."

"야~ 인마! 힘내라! 술 한 잔 먹고 털어 버리자."

아마도 이런 말들을 해가며 교감을 느끼는 듯하다. 그리고는 홀짝 비워 내는 작은 잔과 '캬' 내어 쉬는 진한 한숨 속에선 깊은 인생이 엿보인다. 단지 나의 상상의 귀로 듣는 얘기지만…….

탁자 위엔 쓰디쓴 이슬방울을 무디게 하는 잡탕찌개가 보글거리고, 담배꽁초가 한가득 쌓여있는 재떨이가 눈에 뜨인다. 한 대, 두 대, 세 대…….

한 대씩 피울 때마다, 시름을 씻어내듯 피어오르는 연기에 두 사내의 시름을 날렸던 걸까? 재떨이에 가득한 짧은 담배꽁초가 두 남자가 가진 시름의 무게를 말하고 있었다.

중년이 지그시 찾아온 듯한, 그들은 서로의 위로가 되어 그렇게 주거니 받거니 시름을 잊어간다. 40년 지기 친구쯤 되려나? 모르긴 해도 꽤나 오랜 세월을 동행해 온 듯한 콧물 친구인 듯 보인다.

낯선 사내 그 둘만의 이야기가 내내 궁금하지만, 여기서 그 둘만의 이야기는 맺을까 한다.

사내들에겐 그 둘만의 소중한 지난 이야기가 있을 테지. 그렇게 그들의 소중함을 존중하며…….

내게도 눈빛만 봐도 알 수 있는 친구가 있는지 돌아보게 된다.

있다! 떠오르는 하나의 얼굴. 아무 연락 없이 오랫동안 지내다가도 문득 떠오를 때 전화하면 한달음에 달려와 주는 친구. 갑자기 보고 싶어지는 친구에게 오늘은 연락이라도 해 보아야 할 모양이다.

현실 속에 던져진 바쁨이라는 이유로 한동안 연락도 못해 봤던 내 친구에게…….

'친구야! 그동안 잘 지냈니?'

무소식은 희소식이 아닌 서로에 대한 무관심이다.
관심은 사람과 사람 사이를 이어주는 인연의 끈이다.
서로를 너그럽게 바라보는 관심이 아름다운 미소를 만든다.

하루를 훔쳐 간 도둑

인근 시장 한 귀퉁이 다섯 평 남짓 조그만 분식집에서 김이 모락모락 나는 떡볶이 판을 열심히 저어 대던 별이 엄마. 자그마한 체구에 여려 보이지만 다부져 보인다. 포근한 미소와 쉼 없이 움직이는 바쁜 발걸음. 상상하지 않아도 삶에 정성을 쏟아 내는 아름다운 여성임에는 분명한 듯 보인다.

바지런한 손놀림과 발걸음들이 만든 별이 엄마의 하루 대가는 30만 원 남짓한 지폐와 동전들이다. 침 발라가며 하나하나 지폐를 세는 손길엔 뿌듯함이 베어난다.

철문 새시를 드르르륵 내린다. 고단한 하루를 마무리하기 바쁘다.

집으로 가는 별이 엄마. 별이가 좋아하는 단팥빵과 분홍빛이 예쁜 운동화 한 켤레를 사들고 가벼운 발걸음을 푸근함이 반기는 집을 향해 내딛는다. 시간을 도둑질 당한 듯한 마음은 별이 엄마의 발걸음을 조금 더 서두르게 만든다. 이제 저 끝 모퉁이를 돌아서면 집이 보일 것이다.

조금 전부터 느껴지던 서늘함이 오싹한 불안감으로 다가선다. 얼기설기 전깃줄들이 거미줄 쳐놓은 듯 가득한, 어두운 하늘엔 별빛마저도 숨어들었다. 거미줄들을 지탱한 키 큰 전봇대 끝에서 아슬아슬하게 빛을 밝히는 가로등은 긴 그림자를 만든다.

조금 전부터 서둘러 따라오는 긴 그림자. 별이 엄마는 조금 더 바삐 걷기 시작하지만 바쁜 발걸음을 따라 더 바쁘게 따라오는 어둠의 긴 그림자.

순간!

"아줌마! 있는 거 다 내놔! 나도 이러긴 싫은데 내가 좀 급하거든."

아찔한 말을 뱉어 내며 별이 엄마의 목덜미를 재빠르게 잡아채고는 별이 엄마의 숨통을 조인다.

"살려만 주세요. 살려주세요. 드릴게요. 돈."

조그만 칼끝 무서움이 몸을 움직이지 못하게 만들고, 숨도 쉴 수 없게 만들었지만, 차곡차곡 가지런히 정돈해 주머니 깊숙이 간직해 두었던 돈을 찾아낸다. 그리고는 순식간에 주어 버리고 만다.

잽싸게 낚아채는 어둠 속의 놈. 오싹한 어둠 속에 달아나는 하루와 현금털이범…….

두 다리에 힘이 풀려 버린 별이 엄마는 그 자리에 털썩 주저앉고 만다. '죽지는 않았구나.' 하는 안도감과 무서움에 풀려 버린 근육은 한 동안 별이 엄마를 일어설 수 없게 만들었다.

널브러진 단팥빵과 분홍빛 운동화 한 켤레는 별이 엄마의 아찔했던 순간을 말하듯 이리저리 흩어져 있다.

　하루를 도난당했지만, 살아있음에 위안을 받곤 다시 일어나는 별이 엄마의 길바닥 한가운데, 어둠은 터버덕터버덕 힘없는 발걸음을 만든다.

남이 흘린 땀방울을 훔치는 욕심은 파멸의 길로 인도한다.
성공하는 사람이 되려거든 자신의 땀방울을 사랑하자.
스스로의 값진 땀방울이 흐를 때 비로소 진정한 성공을
이룰 수 있다.

이다음에 너도 애를 낳아 봐야 알 것이다

"이다음에 너도 애를 낳아 봐야 알 것이다!"

가끔씩 하시던 엄마의 푸념 같은 소리가 귓가에 머문다. 이제 첫 아이를 낳은 지 한 달도 안됐는데…….

밤에 잠 못 자고 우는 아이 젖 물리고, 기저귀 갈고 황달기라도 심해질라치면 들쳐 업고 병원에 달려가고……. 울고 싶은 마음이 든 적이 한두 번도 아니다.

하지만 그런 마음도 잠시. 꼼지락거리는 조그마한 손과 옥수수 알처럼 가지런한 발가락을 보면 흐뭇한 미소가 번져 온다. 너무 앙증맞기에, 귀엽기만 한 그 발가락에 뽀뽀 세례를 해버린다.

새벽 두 시가 조금 넘은 시간.

코딱지만 한 작은 아이가 울음소리는 왜 그리도 큰지 눈 뜨기 싫을 만큼 피곤한 나를 단번에 깨운다. 심하게 피곤한 눈엔 떼기 편한 눈곱까지 끼어 있다. 진짜 너무 피곤하다.

"응가를 했나?"

아이의 엉덩이를 들추고 기저귀를 펼쳐 보니, "아주 예쁘게도 한 바탕해 놓으셨네!" 아직은 황금 빛깔 응아가 내 눈엔 그렇게 예뻐 보인다.

아~쿠! 이놈…….

급기야 열어 놓은 기저귀 위로 오줌 분수 세례를 쏘아 올려 버린다. '아~악'

얼굴에 묻고 튀고. 그래도 웃음밖에 나오질 않으니 진정한 콩깍지는 이런 걸 두고 하는 말인가 보다.

진짜 예쁘다! 예뻐, 내 새끼!

흐뭇한 미소로 아이를 바라보던 내게 불현 듯 엄마 그림자가 스쳐지나갔다. 나를 낳아 주신 울 엄니도 이렇게 하셨을 텐데…….

결혼하고 처음 엄니 떨어져 살아가는 내가, 이 새벽에 갑작스레 엄니를 그리는 이유가 무엇인지 모르겠다.

울 엄니 나 자라는 동안 옷 사 달라 조르면 사 주시고, 먹고 싶다 조르면 해 주시고, 아프다 울면 머리 짚어 물수건 갈아 주셨는데……. 살다가 힘에 부치는 표정이라도 지을라치면 가슴 쓸어내리시곤 하셨는데…….

아이 기저귀 하나 가는 것도 벅차하는 나를 보며, 울 엄니 나 하나 잘 키우시려 애지중지하셨을 생각에 짠하게 아려오는 가슴앓이가 시작된다. 아이를 키워 나가며 많은 일들을 겪어야 하겠지……울 엄니 내가 애태우던 만큼 많은 일을 겪어야 하겠지…….

오늘따라 자꾸 떠오른다. 울 엄니 속상하실 때마다 내게 하시던
그 말씀.

"이다음에 너도 애를 낳아 봐야 알 것이다!"

경험하지 않은 체험은 상상이다. 단지, 그려내는 마음일 뿐이다.
삶은 체험의 연속이다.
불행과 행복을 번갈아 체험하는 가운데 완성되는 것이 인생이다.

기사식당

한 그릇에 3천 원 하는 값싼 점심 한 끼니를 해결할 수 있는 기사 식당에 모인 사람들. 그 중 중국교포 K씨는 국밥 한 그릇, 아니 밥 한술이 목에 걸려 삼켜 내기가 힘들다.

끼니를 걱정하고 자식 교육을 걱정하던 K씨는 무작정 한류 드림, 그 안에 삶의 답이 숨어 있다고 생각했다. 주변에서 낯선 나라 한국에서 벌어들인 돈으로 집도 장만하고 아이들 대학도 척척 보내는 것을 보며 K씨는 한국행을 결심했던 것이다. 불과 6, 7년 전에 말이다.

일주일 전.

K씨는 보증금 4천만 원 하는 보금자리 전세방 집이 경매로 낙찰이 되었다는 통지문을 받았다. 30일 내로 배당금을 신청하라는 내용의 손바닥만 한 통지문. 살아생전 처음 들어본 말이었다. 배당금이라는 의문투성이의 그 말. 단지, 뭔지 모를 불길함만이 뼛속을 파고들 뿐이었다.

타국 생활 5년 동안 입지도 먹지도 않았던 소중한 돈을 잃어야 한다는 막연한 생각에 온몸의 힘이 다 풀리고 만다. 허겁지겁 인근 부동산을 찾고 상담을 해 보았지만, 말하는 곳마다 선순위 근저당이 너무 많아 몇 푼 못 건질 거란 얘기뿐이다.

돈이 전부가 아니라고 위로랍시고 모르는 사람들은 말한다. 건강만 하면 된다고…….

K씨는 이제 두 해만 지나면 예순의 나이다. 쉰이 조금 넘은 나이에 갖은 고생 다 하며 만들어 낸 금쪽같은 보증금인데, 어떡하나, 어떡하나…… 타들어 가는 마음이야 가슴에 박아 놓은 돌덩이처럼 무거울 텐데, 정말 어떡하나…….

하늘을 바라보아야 늘어나는 한숨뿐이고, 땅을 내려다보면 답답하게 가로지른 회색 벽돌 밖에 보이질 않는다. 죽지 못해 산다고, 기운내야 한 푼이라도 더 건질 수 있다고 꾸역꾸역 한 술 밥을 밀어 넣는다.

오늘도 한 끼니를 때우는 기사식당 3,000원짜리 국밥은, 한숨으로 가득 메운 목구멍에 턱 하고 걸려 넘어가질 않는다. 밥을 떠올린 숟가락은 모든 걸 잃어야 한다는 불안감에 부들부들 떨리기만 한다.

3,000원짜리 국밥을 파는 기사식당엔 갖은 사연을 담은 사람들이 모여, 값싼 한 끼니를 말없이 때운다. 한세상 살아가다 보니 불편하고 힘든 일도 많이 겪어 보게 된다. 주저앉아도 보고, 웃어

도 보고, 싸워도 보고, 아무 일도 없다는 듯 무심히 지나쳐도 보고…….

수많은 사람들이 오가는 기사식당엔 오늘도 그들만의 삶의 애환이 드나든다.

S. CODE T 15

행복과 불행은 교차하듯 삶 속에 존재한다.
비록 현재 불행의 시간을 살아간다 해서 슬퍼하지 말자.
행복은 불행 뒤에 숨어있는 인생이 주는 기쁨의 선물로,
반드시 다가오기 때문이다.

아름다움을 물들이는 사람
그대 때문이다

꿈을 갖기 시작한다. 누군가 삶을 열정으로 물들이던 사람을 바라보며…….

가끔 하루 서너 시간 남짓 감아 보는 포근해야만 하는 잠자리에서 꾸는 꿈은 그리 화려하진 않았다. 아무생각 없이 거리를 헤매는 모습의 내가 보이기도 하고, 때로는 알 수 없는 희미한 존재에 쫓겨 도망가는 내 모습이 보이기도 한다.

꿈속의 내 모습은, 언제나 무언가에 쫓기거나 깨고 나면 차가운 물 한 잔을 들이켜게 하는 숨 가쁘기만 한 그런 느낌의 모습이었다.

누군가 삶을 아름답게 수놓은 모습을 바라본다.

아프기도 했겠지만, 때론 벅찬 숨을 쉬며 용기를 냈어야 했겠지만, 자신의 모습을 뜨겁기만 한 가슴으로 태워 나가는 모습을 바라본다. 아름답다. 그리 아름다운 모습을 가지고 있는 멋진 사람이란 걸 그대는 아는지 모르는지…….

눈뜨는 아침이 이제는 반가울 뿐이다.

열정으로 가득한 뜨거운 가슴을 가진 멋진 사람을 매일매일 바라볼 수 있는 소중한 시간이라 더욱이 그렇다.

한 컵 따라 내는 물 컵에서 또로록 떨어지는 물소리가 이제는 아름다운 삶의 시작으로 들려온다. 눈뜨자마자 가쁜 숨으로 마시던 물 한 컵을 새로운 충전의 이온 같은 느낌으로 마셔본다.

이 모든 게 다 그대 때문이다. 아름다운 열정의 그대 때문이다. 오늘도 그런 그대를 사랑한다.

하루 서너 시간 눈을 감는 나의 꿈꾸는 잠자리는 쫓기지도 않을 것이고, 숨 가쁘게 벌컥벌컥 마셔 대는 찬물 한 잔을 찾지도 않을 것이다.

이 모든 게 다 그대 때문이다. 고맙고 고마운 그대 때문이다.

나에게 뜨거운 삶의 가슴을 가르쳐 준 그대 때문이다.

나를 꿈꾸게 하는 그대 때문이다.

S. CODE D 12

아름다운 꿈을 꾸려거든 아름답게 잠이 들어야 한다.
아름답게 잠이 들려거든 나에게 주어진 시간을 사랑해야만
한다. 시간을 사랑한 하루하루가 쌓여 그대의 아름다운 꿈을
이루게 할 것이다.

비상 깜빡이

누가 봐도 빠르게만 달리는 은회색 소형 자동차! 정말 급한 사정이 있어 저리 빠르게 달리는 것인지, 아니면 못되고 급한 별난 성깔 때문인지, 경적 소리까지 울려 대며 위험한 곡예를 한다. 순간 내 발바닥 아래 브레이크를 재빠르게 밟아 버린다. 깜짝 놀란 심장을 나는 추스른다. 휴—

급하게 먹는 밥이 체한다고, 빠르게 달리다가 넘어질 거라고, 오래전부터 겪어온 사람들이 말한다. 사실 누구나 무언가를 시작하며, 조급한 마음에 빠른 성과를 기다리는 게 일반적인 모습들이다. 나 역시도 기다림이 지루하게 느껴지기는 마찬가지이고, 이 때문에 조급한 결과를 기다리는 것 또한 마찬가지다.

용기로 시작한 나이다. 시작하고 조금은 길다고 생각되는 시간을 지나왔고, 가끔은 해도 해도 안 되는 게 있다고 체념도 해보고, 위로하는 누군가의 말에 다시 일어날 힘을 얻기도 하고, 때로는 공허한 하늘에 한탄도 해보았다.

시작이라는 용기에 기다림을 더하고 열정을 퍼붓는다. 다만, 급하지 않게 천천히 가려고, 서두르지 말아야 할 마음에 살짝살짝 멈춤의 브레이크를 밟아가며 그렇게 시간을 기다려 왔다.

차선을 지키고 신호를 기다리는 다른 차들을 무시하며 달리는 저 은회색 자동차. 주변 시선을 신경 쓰지 않고 다른 이들의 놀란 가슴을 무시하며 달리고는 있지만, 아마도 알 것이다. 자신의 주행이 위험하고 무리가 가는 것임을…… 다른 차들과 속도를 맞추어야 안전하게 갈 수 있다는 것도 이미 알 것이다. 가다가 사고가 나진 않았으려나? 괜한 걱정마저 들어 버리는 내 오지랖!

아무튼 내가 해야 할 일들이 바빠지고 힘에 겨워질수록 잠시 쉬어 가야 할 모양이다. 주변의 내 사람들도 생각해 보며 돌아보아야 할 모양이다. 급하게 달리다 보면 잃어버린 것들도 분명 있을 테니까……. 발걸음을 맞추어 함께 걸어야 할까 보다. 내 소중한 사람들과 나를 위한 잠시 멈춤의 브레이크를 밟아 봐야 할까 보다.

비상 깜빡이를 켠다. 갓길에 나를 세워 조금은 쉬어야겠다.

그리고 기다린다. 또 다른 나의 소중한 시간들을…….

S. CODE N 9

나에게 주어진 시간을 존중 할 줄 알면, 나를 사랑하는 방법도 터득 할 수 있다.

길 잃은 꼬망쥐

여기가 어디일까요?

아무리 사방을 둘러보아도 눈에 익은 건물도 보이지 않고, 눈에 익은 거리도 보이지 않는 낯설기만 한 곳 길 위에 서 있습니다.

마음은 불안하고 무섭기만 해요.

옆집 사는 동네 대장 언니 따라 놀이터로 나선 게 전부인데 내가 왜 이 길 위에서 무서움에 떨고 있을까요.

옆집 선희 언니는 동네 꼬망쥐들 사이에선 최고로 인기 있는 언니랍니다. 난 몇몇 또래 꼬망쥐들과 선희 언니를 따라 길도 모르는 놀이터로 나섰죠.

어제 울 엄마가 사주신 드레스처럼 예쁜 원피스와 예쁜 똑딱 구두를 신고 자랑삼아 따라왔더랍니다.

놀이터엔 배배 꼬아져 내려오는 아찔함을 선물하던 미끄럼틀도 있었고, 뱅글뱅글 돌아가는 뺑뺑이라 불리는 놀이기구, 하늘 높은 줄도 모르고 높게 높게 올라가는 그네가, 그리고 또 위에서 내려다

보면 현기증이 날 것 같던 구름다리라는 놀이기구도 있었네요.

너도나도 순서를 기다리며 시끌벅적 떠들어 대는 아이들 속에서, 나 역시도 함께 시끄럽게 떠들어 가며 웃고, 그리도 재미지게 맑은 한때를 즐기고 있었을 뿐이었는데…….

어찌어찌 시간이 가는지도 모르겠더라고요.

어둠이 높게 높게 올라가던 그네 끝자락부터 내려오기 시작합니다. 점점 더 그네 끝자락을 붙들고 성큼성큼 내려오기 시작합니다.

두리번두리번, 또다시 두리번두리번…….

아무리 훑어보고 또다시 훑어보아도 선희 언니와 동네 꼬망쥐들이 사라져 버리고 없습니다. 어디로 가버린 걸까요? 모두들 몰려 내가 없는 줄도 모르고 나만 떼어 놓고 가 버린 모양입니다.

불안합니다. 점점 짙어지는 어둠이 무섭습니다.

워낙 밖을 나서 본 적이 없었던 나는 집에서 얼마 걸리지도 않던 이 길도 찾아내기가 어렵습니다. 왔던 길을 더듬어 길을 나섰지만, 어둠이 되짚어 찾아가는 길을 가려 버리고 맙니다.

눈물이 앞을 가리기 시작하고, 입에선 엄마를 찾는 소리가 더욱 커집니다.

그리고 나는 이 낯설기만 한 거리에서 두려움에 떨고 있습니다. 분명 내 엄마가 살고 있는 집은 이 근처에 있을 게 분명한데 말입니다.

길 잃은 꼬망쥐, 두 번째 이야기

은지는 동네 한 귀퉁이에 자리 잡은 조그만 파출소에서, 고소한 냄새가 풍겨오는 기다란 막대과자를 물었지만 열심히 엄마를 찾아 가며 엉엉 울고 있습니다. 눈물 콧물로 범벅이 된 과자를 깨어 물 며…….

푸근한 웃음을 지어 보이시는 단정한 차림의 아저씨는 울고 있는 은지를 데리고 이곳으로 찾아왔습니다. 안쓰러움에 은지를 어르고 달래고 해보기도 하지만, 땡그랗고 커다란 눈망울, 짙은 검정색 빛 을 띤 두 눈동자는 눈물 속에 담은 형광등 빛으로 반짝이는 순수함 을 보이고는, 주르륵 흘려 내려 버립니다. 쉴 새 없는 눈물을 주르 륵 주르륵…….

두려움이, 무서움이 무엇인지 어렴풋이 알고는 있었지만 무섭다 고 두렵다고 표현도 할 수 없는 작은 아이는 눈물로 모든 걸 표현하 고 있습니다. 엄마라는 그리운 이름을 수도 없이 불러 가며…….
엄마를 크게 크게 불러 보면 금방이라도 엄마가 달려올 것만 같았거든요.

 은지의 눈엔 커 보이기만 하는 사람들이 왔다갔다 정신없기만 합니다. 그 사이에서 사람들이 움직일 때마다 꼬리를 연장 흔들어 대는 갈색 점박이 작은 강아지 한 마리를 바라봅니다.

 아마도 파출소에서 키우던 강아지인가 봐요. 입안에 오물오물 물고 있던 막대과자를 꺼내어 강아지 입가에 대어 주자 순식간에 맛나게 먹어 버립니다.

 재미난 모습에 은지는 막대과자를 한입 베어 물고, 강아지에게 주고 또 주고…… 어느샌가 강아지와 친구가 되어 눈물을 거두어 내고는, 어린 아이의 순수함으로 돌아가 좀 전의 두려움은 까맣게 잊었나 봅니다.

 전화벨 소리가 요란하게 들려오기를 여러 번.

 "혹시 한 다섯 살쯤 된 여자아인가요? 저희 파출소에 고만한 아이가 있긴 한데…… ."

 고요함과 흘러내리던 눈물이 만들어 낸 고단함이 아이의 눈을 감기게 만들어 버렸나 봅니다. 고개를 위 아래로 끄덕이기를 몇 차례. 이내 잠이 들어 버린 은지는 천사 같은 모습으로 새근새근 숨을 쉬어 냅니다.

 그때 한 여인이 빼꼼히 문을 열고 들어옵니다.

 경직된 얼굴에서 느껴지는 불안감을 안고 꺼내는 말 속엔 불안감이 가득합니다.

"좀 전에 전화 드렸었는데요."

"저기 잠든 아이가 맞는지 확인해 보세요."

여인의 눈에서 불안한 걱정은 사라집니다. 아이는 다치지도 않았고, 먼지 탄 얼굴엔 눈물범벅 조금은 꾀죄죄한 모습으로, 때가 꼬질꼬질한 안쓰러운 모습으로 노곤히 잠이 들어 있었습니다.

익숙하지 않은 길을 걷다보면 삶의 방향을 잃을 수도 있다.
걸어 본 적 없는 새로운 길을 가고자 할 때에는
익숙해 질 때까지 반복해서 걷는 방법뿐이다. 인생의 방향을
잃지 않고자 한다면, 먼저 걸어간 이에게 부끄럼 없이 묻고
또, 반복해서 걸어라.

김치찌개가 너무 맛있다!

몇 시간 깊은 잠도 못 자고 일어나기 힘든 아침을 맞이한다.

간단하게 때우기 쉬운 시리얼과 우유 아니면 토스트 한 조각 입에 물고 쫓기듯 내몰리는 아침 시간은 바쁜 척 지나간다.

딱! 십 분만 일찍 일어난다 해도 시간이란 놈에게 우스운 내 모습을 보이지 않아도 될 텐데…….

막히는 출근길 차량에 조바심내고, 커피 한 잔과 담배 한 개피의 날리듯 퍼져 가는 연기에 피곤함을 날려 버린다. 그리고 또다시 정신없는 하루와 함께하기 시작한다.

짧은 오전 시간이 어설프게 지나가고, 점심 끼니를 때워야 할 시간이 다가오지만, 점심이 고프지 않은 삶! 마냥 지쳐 가는 삶 속에 맞이하는 끼니때다.

그나마 먹어야 하는 이유 중 가장 쉬운 이유라면, 먹기 위해 일하는 근본적인 삶이라고들 모두들 말하니까…….

조미료 잔뜩 들어간 채 입맛을 자극하는 음식들을 하루하루 번갈아 가며 때운다. 된장찌개, 김치찌개, 순두부찌개, 가끔은 덮밥 종류로 때우기도 하고, 맛으로 먹는 건지 습관처럼 위장을 채워야 하는 이유로 먹는 것인지, 모든 사람들이 하니까 하는 버릇처럼 행하는 행위인 건지. 오늘 점심은 적당하게 익힌 삼치구이와 된장찌개로 해결한다.

맛—

나이가 몇 되지 않았을 때는 몰랐었다. 한 해 두 해 연륜을 더하며, 느낌으로 먹는 맛이라는 게 분명하게 있음을 알아간다.

한꺼번에 몰리는 끼니때를 맞추어 대량생산해 낸 급한 상차림과 한 끼니를 위해 정성스런 손끝으로 준비한 상차림과는 분명한 차이가 있음을 어렴풋이 느낀다.

몇 가지 없는 찬에 보글보글 깊게 끓여낸 내 마누라의 상차림엔 분명하게 정성스러운 맛이 숨어 있다. 두 다리로 걷는 발걸음과 바쁘기만 한 내 입담으로 만나야 할 다양한 고객들과 또다시 남은 시간을 달려간다. 그리고 기다려지는 마누라의 정성스런 저녁상!

돼지고기 목살 굵직하게 썰어 넣은 칼칼하게, 그리고 깊게 끓여낸 마누라의 김치찌개가, 가득찬 배가 헐떡거림에도 불구하고 너무도 그리워지는 시간이다.

오늘따라 세상에 존재하는 그 어떤 값지고 귀한 음식보다도 마누라의 김치찌개 생각이 간절하다. 난, 내 마누라의 아름다운 김치찌개가 너무 맛있다!

내 이름은 행복이랍니다

엊그제가 사람들이 말하는 '봄이 오는 날'이라고 하던데 날씨는 너무 춥기만 합니다.

따뜻하고 포근했던 우리 주인님 집이 그립기만 하네요.

껑충껑충 뛰거나 납작 엎드려 꼬리를 흔들면 우리 주인님 환하게 웃으시며, 뽀뽀하고 안아 주고 가끔 맛있는 육포까지 주시곤 하셨는데…….

꼬르륵거리는 배를 움켜쥐지만 먹을거리라곤 없습니다. 냄새나는 쓰레기더미를 뒤져 봐야 썩어 버린 음식이 전부. 이런 내가 가여운지 지나가는 사람들은 한 번씩 나를 쳐다보곤 하는군요.

오랫동안 씻지 않아 엉기고 꼬이고 뭉쳐 버린 털이 나를 더욱 불쌍하게, 그리고 가까이 오기 싫은 더러운 길멍이로 만들어 버렸네요.

전에 살던 집에 무슨 일이 있었는지, 주인님은 허겁지겁 이삿짐을 쌌고, 어리둥절하고 부산한 상황에 때론 겁먹은 얼굴을 보이기도 했었죠. 그리고는 난, 이삿짐 뒤 칸에 실려 추운 겨울날 어디론가 가고 있었습니다. 어리둥절 잔뜩 겁에 질린 채 말이죠.

시간이 얼마나 지나갔을까요? 잠시 이삿짐 트럭이 멈춰 섰습니다. 배변을 아무데나 하면 혼나던 기억에 난 참지 못하고 차에서 내렸죠. 이리저리 끙끙거리다가 안성맞춤의 자리를 찾아 시원스레 배변을 보았더랬죠.

그리고 다시 찾은 자리엔 아무도 없었습니다. '주인님 주인님' 하고 컹컹 짖어댔지만 우리 주인님도, 나 없으면 죽고 못 살던 아이들도, 어디론가 가버리고 없었습니다.

안절부절 못하던 내게 길냥이 한 마리가 다가와 불쌍하다는 듯 쳐다보며 고개를 좌우로 돌려댔습니다.

'넌 이제 길 잃은 길멍이'라며 안타까운 고개를 저어 보이곤 어디론가 사라져 버립니다.

'길멍이' 이제 제 이름은 길멍이가 되어 버린 겁니다.

불안하기만 한 여정이 몸을 부르르 떨게 만듭니다. 컹컹거리며 바퀴 냄새를 따라서 이곳까지 왔는데……. 더 이상은 갈 곳이 없는 듯합니다.

간혹 무서운 눈빛으로 나를 노려보는 사람들을 피해 죽어라 뛰기도 하고, 때로는 조그만 소시지 하나를 던져 주는 사람한테 고마워하며 허기를 달래기도 하고, 가끔은 불쌍한 듯 머리를 쓰다듬고 지나가는 사람에게서 힘을 얻기도 했죠.

며칠이나 지났는지 모르겠습니다.

거리에서 아침을 맞이하고 바람막이 없이 밤잠을 자던 이 생활이 벌써 며칠 째인지 모르겠습니다. 밤이 깊은 도로는 인적도 차량도 없습니다.

도로 건너편에 보이는 굴다리로 바람을 피해야 할까 봅니다. 따뜻하고 폭신한 소파가 너무도 그리웠지만, 그런대로 바람을 피할 곳은 당장 저 길 건너 굴다리밖에 없어 보입니다.

바람이 더 매서워집니다. 눈발마저 날리기 시작합니다.

빠른 걸음으로 뛰어가고픈 마음은 간절한데 허기진 다리는 힘이 풀리고 움직이질 않습니다.

순간 밝은 빛이 눈의 시야를 가려 버립니다. 시끄러운 경적 소리가 두 귀와 두 눈을 어둠으로 감싸 버리네요.

따뜻한 기운이 감도는 공간을 날아오릅니다.

지난날 주인님과 처음 만나 사랑받던 한때가, 귀여운 꼬마 주인님들과 뛰놀던 그때가 순식간에 지나쳐 버리네요. 그리고는 깊은 잠이 듭니다. 깨어나기 싫을 만큼 편안한 잠에…….

여기가 어딘가요?

밝은 빛이 눈을 바로 뜨기 힘들게 만드는군요. 몸이 아픕니다.

내가 왜 여기에 와 있는 걸까요?

이리저리 바삐 움직이던 사람들이 나를 바라봅니다. 그런데 내 몸은 움직여지지가 않습니다. 눈물이 흐를 만큼 아프기만 합니다.

한 남자가 나를 안아 이곳에 데리고 온 모양입니다. 나는 추위를 피해 굴다리로 길을 건너다 교통사고를 당한 모양입니다. 언뜻 봐도 착하고 푸근하게 생긴 남자가 나를 구한 거 같습니다.

기쁘진 않지만, 난 죽지 않았나 봅니다.

눈발이 매서운 바람에 날리던 그날 밤, 나를 병원으로 데리고 온 그 남자는 나의 새 주인이 되어 주었답니다. 그날 이후 주인님은 제대로 움직이지도 못하고 대소변도 못 가리는 저를 위해 먹여 주고 덮어 주며 온갖 정성을 다해 치료해 주시고 위로해 주십니다.

저는 새 이름도 얻었답니다. 길멍이가 아닌 '행복'이란 이름이요. 처음엔 움직이지도 못하는 제가 싫어 나를 살린 주인님이 너무 미워 으르렁대기도 했지만, 지금은요— 행복이란 이름처럼 귀한 삶을 주신 주인님께 감사하며 열심히 꼬무락거리려고 노력 중이랍니다.

우리 주인님 내가 조금씩 새로운 움직임을 보실 때마다 너무 행복해 하시거든요.

S. CODE J 25

비록 그대가 고통 속의 길을 끝없이 걸어왔다 해도 그대를 사랑하는 사람들이 있기에 삶을 포기하는 일이 없어야 한다. 삶을 포기한다는 건, 그대를 사랑하는 사람의 인생마저도 불행으로 만들 수 있기 때문이다.

2013년 5월 8일 어버이날

야채장사 아저씨가 신이 나신 건지 아니면 좀 더 많이 팔아야 하기에 목청을 높이시는 건지 오늘따라 목청이 더욱 더 크게만 들린다. 여느 때보다도 야채종류와 가격을 외치는 소리가 크기도 크거니와 경쾌하게만 느껴진다.

얼마 전부터 사무실 앞 코너 자리에 자리를 잡으신 아저씨는 조그만 트럭에 갖은 종류의 야채거리들과 계절 과일들을 듬뿍 실어, 그늘이 드리우기 시작하는 시간 즈음에 출근을 하신다.

차량들 지나치는 소리와 아파트 아지매들 장 볼 시간 맞추어 삼삼오오 모이다보니 시끄러운 소음이 끝이 없을 시간인데, 아저씨 목소리까지 합세하니 처음엔 정말 정신없고 짜증까지 났었던 것 같다. 이런저런 이유로 자주 아저씨와 난 말 다툼을 벌이기도 했었다. 그 와중에도 사과 하나씩 들이 밀며 어처구니없이 막무가내였던 야채아저씨.

이제는 매일 오후 정해진 시간이 되면 드높아지는 그 소리가 정겨움으로 다가오니 알 수 없는 노릇이다. 어쩌다 하루 모습이 보이지 않을라 치면 도리어 이젠 걱정이 앞서기도 하는 정겨운 이웃이 되어 버린 아저씨다.

무슨 사연인지 얼굴은 서글퍼 보이고 작고 새까맣게 탄 피부색과 얼굴빛을 한 못생긴, 그리고 인상적인 배불뚝이 몸매를 가지신 분이다.

사연 없는 사람이 어디 있겠냐만 그냥 이유 없이 열심히 삶을 사시는 모습에 때론 존경의 마음이 들기도 한다.

아마도 노모와 사랑하는 부인과 2남1녀를 거느린 대식구의 가장일지도 모른다. 그들 때문인가? 저렇게 열심히 목청껏 야채를 홍보하시는 이유가?

"오이 여섯 개에 천 원이요~ 상추가 한 근에 이천 원, 사과 한 봉지에 오천 원! 떨이요, 떨이! 지나가는 이쁜 아줌니! 떨이라고 떨이! 싸게들 가져가요."

오늘도 목청 드높여 삶의 벌이에 열심인 아저씨!

삶의 다양한 방법으로 가족을 지켜나가는 시대의 가장들, 그들 중 한 가장의 책임감 있는 현실을 지금 이 순간 난 코앞에서 바라보고 있다.

우리네 어머니와 아버지의 삶도 그러하셨을 듯하다. 자식 놈 살 찌우기 위해 당신 살을 도려내고, 자식 놈 가르치자고 생계 외엔 당신들 하시고 싶었던 일이란 아무것도 할 수 없었을 것이다.

붉은 카네이션이 아저씨 가슴 자락에서 떨어질 듯 말 듯 하며 간신히 매달려 있지만, 아랑곳 없이 신나게 외치신다.

"자— 떨이요, 떨이. 이쁜 아줌니들 싸게들 가져가요."

2013년 5월 8일
세상 모든 어머니와 아버지를 존경합니다!

S. CODE A 19

무조건 이유 없이 주기만 하는 사랑이라지만, 그 사랑의 깊이를
가늠하기란 결코 쉽지 않다. 설령, 조건 없이 주기만 하는
사람의 자리가 되어 알아간다 해도, 곁에서 떠나가신 후에
비로소 받은 사랑에 대해 알게 되는 것이 부모님의 사랑이다.
자식 놈 다 퍼 주어봐야 남는 건 주름진 거죽 뿐 이라더라.
나 때문에 거죽만 남으신 늙으신 부모님. 곁에 머물러 주실 때
섬기기를 게을리 하지 말자.

죽지 못해 사는 이유

얼른 보아도 칠순은 족히 돼 보이시지만 정갈한 차림의 낯익은 할머니 한 분이 사무실 문을 빼꼼히 열고 들어오신다.

"젊은 여사장! 혹시 신문 모아 놓은 거 없어? 있으면 내가 좀 가져가면 안 될까?"

"할머니 어제 다 드렸잖아요. 오늘 신문밖에 없어요. 커피나 한 잔 드릴까요?"

어제도 그제도 매일같이 오시는 할머니가 사실은 좀 귀찮기만 하다. 비가 오기도 하고 상담 고객도 없고 심심한 나머지 말 상대라도 하면 좋을까 싶어 할머니에게 커피 한 잔을 권유했다.

프림 들어간 텁텁한 인스턴트커피지만 할머니는 '달다 달다' 하며 좋아하신다. 맛나게 드신다.

"할머니 얼굴 보니까 참 고우신 얼굴인데 왜 이런 고생을 하세요. 고생하신 분 같지도 않은데 자제분들이 말리지 않으세요?"

말이나 걸어보려고 의미 없이 던져본 말이었는데 어찌된 일인지 할머니는 금세 눈시울이 발갛게 돼버리고 만다.

그리고는 누렇게 때가 탄 목장갑을 낀 손으로 눈물을 서슴없이 훔치지만 이내 눈물은 고이고 또 고이고 서럽게 또다시 맺혀 버리고 만다. 순간 실수라고 생각된 내 질문을 다시 주워 담기에는 너무 늦어 버린 것 같았다.

"자식이 하나 있긴 있지. 살았는지 죽었는지도 모르는 아들 하나 있어. 자식이 다섯이나 있었는데 넷은 다 간난쟁이 때 저 세상 가 버리고 하나 살려 놓은 놈은 열일곱 살 되던 해에 어디로 가버렸는지 사라져 버렸다네."

할머니의 정갈한 차림만큼이나 전엔 부유한 집 외아들과 짝이 되어 부러울 것 없이 살았다고, 학교 구경하기도 어려웠던 가난한 시절에도 할머니는 여대 입학까지 할 정도의 엘리트였다고 자신의 젊은 시절을 자랑삼아 이야기 하시면서도 눈가엔 서러운 눈물이 가득 고이고 있었다.

"할아버지는요? 할아버지는 안 계세요?"

할머니의 아픔을 토해내게 만들어 버릴지도 모르는 질문인줄 알면서도 궁금한 마음에 뱉어버린 말이었다.

"그 양반 젊어서 노름에 기집질에 온갖 망나니 짓 다하다가 병까지 걸려 오 년 누워만 있다가 먼저 세상 떴어. 있는 재산 없는 재산 모조리 없애 버리고 말이야."

물어보지 말았어야 하는 질문이었다.

갑자기 답답해져 오는 가슴이 멍해져 버려 더 이상 할 말 조차 생각나질 않았다.

할아버지의 무책임한 가장으로서의 생활 때문에 마지막 하나 있던 아들은 고민 끝에 가출을 해버렸고, 할머니는 그렇게 홀로 되셨다 한다.

그때 당시 이미 서러운 나이를 많이 드셨던 할머니는 하실 수 있는 일이 많지 않으셨고, 건강도 허락하지 않으셨기에 식당 설거지 일도 하실 수 없었다고 한숨을 몰아 쉬셨다.

생계를 유지하기 위해 동사무소 독거노인 지원금도 신청해 보았지만, 같이 살고 있지도 않은 성인나이 아들의 존재로 인해 그 마저도 받을 수 없으셨다고 가슴을 치고만 계셨다. 아무런 사회복지 혜택도 받을 수 없던 할머니가 유일하게 생계를 꾸려 나갈 수 있었던 일은 폐지와 폐품을 모아 고물상에 파는 일이었단다.

괜스레 후두두둑 떨어지는 빗방울과 함께 할머니 이야기가 가슴 속에 짠한 아픔으로 밀려왔다.

'묻지 말 것을……' 하는 한숨이 함께했던 짧은 시간이었다. 차갑게 식은 텁텁한 인스턴트커피를 한입에 후루룩 마셔 버리시더니 일어나시는 할머니는 허리춤을 투둑투둑 두드리시며 폭신한 자리를 털어내셨다.

"커피 잘 마시고 가우, 젊은 여사장! 요즘 경기가 많이 힘들다던데…… 기운내. 사는게 다 그렇다우. 그래도 내가 죽지 못해 사는 이유는 막내 아들놈 언제고 나 찾아 올까봐 그렇다네. 하나밖에 남지 않은 혈육인데……."

위로의 말까지 한마디 남기시고는 가시는 할머니.

굽어져 펴질 것 같지 않던 허리춤을 한번 쭈욱 펴시고는 금방 나가시는 할머니의 뒷모습이 씁쓸해 보였다.

별별 기가 막힌 사연들을 안고 살아가는 사람들의 모습들이지만, 또 한 번 기가 막힌 사연을 듣고는 멍해지는 가슴만이 여운으로 남는다.

답답한 하늘에서 비를 또 떨구고 계시네…….

기가 막힌 사연 하나쯤은 안고 살아가는 사람들……
누구나 아픈 사연들을 가슴에 품고 살아간다.
아픔은 혼자만의 것이 아니다. 나누면 줄어드는 아픔……
때론 가슴을 열어 그대의 아픈 상처를 나누는 일은
외로움의 묘약이 되기도 한다.

열정을 불태우는 그대에게
삶은 정답을 허락할 수밖에 없다

아이가 진지하게 푹 빠져 읽던 책의 겉표지에 그려진 한 장애인 레슬러의 일러스트가 한눈에 들어온다.

양팔과 두 다리가 없는 모습의 한 소년이 레슬러의 모습으로 땀범벅이 된 채 경기에 열중인 모습의 일러스트였다.

책표지 속의 소년은 실존인물이었다.

2008년 봄, 전 미국을 떠들썩하게 했던 한 소년 레슬러 '더스틴 카터'란 어린 영웅 이야기의 주인공이었다.

더스틴은 두 다리로 걸을 수도 없었고, 두 손으로 음식을 스스로 먹을 수도 없는 아이였다.

조잘 조잘 말을 하고, 한참 신기한 세상을 눈으로 바라보며 알아갈 나이인 다섯 살, 혈류에 희귀 박테리아가 감염되는 치명적인 병에 걸렸던 아이는 간신히 목숨은 건졌지만, 두 팔의 일부와 두 다리를 잘라내야 하는 고통을 겪어야 했다. 누가 보아도 심각한 장애로 사회생활을 할 수 없으리라 생각이 드는 모습이었지만, 더스틴은 다른 아이들보다도 더욱 활짝 웃었고, 더욱 밝은 생활을 하고 있는 소년이었다.

어렸을 때부터 운동을 유독 좋아하던 더스틴. 고교시절 더스틴은 우연치 않게, 레슬링이라는 운동의 스피드와 태클이 주는 매력적인 움직임에 푹 빠져들게 된다.

불편하기만 한 몸이 주는 어려움 때문에, 남보다 견디기 힘든 훈련을 오로지 강한 의지와 땀으로 견뎌내야만 했다.

"처음 레슬링을 시작했을 때에는 평범한 나도 다른 선수를 이기지 못했다."

좌절을 겪을 때마다 들려주시던 아버지의 음성을 기억하며, 다른 선수들 몇 곱의 힘든 트레이닝을 해왔다. 그러나 일반인들과의 경기에서 패배를 맛보기를 수없이 겪어내야만 했던, 눈물의 레슬러가 되어야만 했었다.

35전 35패.

첫 출전 후 1년 6개월간의 기록이었다.

몸의 불편한 단점을 보완하고, 새로운 테크닉을 연마하게 된 더스틴은 36번째 출전에서 첫 승을 거둔다. 관중들과 스태프, 심판들의 감동적인 기립 박수가 이어졌다. 그 후 더스틴은 승리의 소식을 이어갔고, 청소년 대표를 거쳐 감동을 선물하는 최고의 레슬러가 되었다.

"만약에 네가 레슬링을 한다 하더라도, 넌 결코 네 키의 두 배인

건장한 선수들을 절대 이길 수 없을 텐데……."라며 말하던 코치의 걱정스런 말은 더스틴의 꿈과 용기 앞에선 유명무실의 말이었을 뿐이었다.

만약에 내게, 혹은 그대에게 두 다리와 두 팔이 없었다면 어떻게 살아가고 있었겠는가!

갑작스런 불행에 '대체 왜 내게 이런 시련이 주어지는가?'를 반문하고, 삶을 포기하고 주저앉아 버렸을지도 모른다.

더스틴은 갑작스런 불행을 주신 신을 원망하지 않았다. 오히려 살아있음에 감사하고, 불행을 행운으로 바꾸어 나가는 노력을 멈추지 않았다. 꿈을 꾸고 끊임없이 도전하기를 멈추지 않았다.

더스틴의 아름다운 꿈은, 그의 땀방울과 꿈을 향한 포기하지 않는 도전으로 아름다운 결실을 맺어냈다.

"엄마! 이 책 읽어봐. 세상에 이 이야기가 진짜 이야기래."

놀랍고 진지한 표정으로 아이가 내게 말한다.

이미 알고 있는 더스틴의 이야기였지만, 동화처럼 써내려간 이야기를 한 번 더 읽어 내려갔다. 잔잔한 감동이 한 번 더 전해져 온다.

아이가 읽던 책 표지의 그림 속 더스틴의 아름다운 열정은 삶의 정답을 허락한 멋진 땀방울로 흘러내리고 있었다.

나와 그대들에게 주어진 삶의 소중한 시간들을 포기하는 바보가 되지 않기를 바란다.

더스틴 카터, 그리고 꿈을 꾸고 노력하는 그대들!

열정을 불태우는 그대에게 삶은 정답을 허락할 수밖에 없다.

S. CODE | 14

열정을 불태우는 그대에게 삶은 정답을 허락 할 수밖에 없다.

갑작스럽게 찾아든 이별

　남편의 귀가시간을 기다리다 잠시 감은 눈.

　잠깐의 꿈속에서 환한 웃음 지으며 내가 없어도 걱정하지 말라던 남편의 목소리를 뒤로 하고, 꿈에서 깨어난 선희씨는 눈가에 촉촉한 물기를 적셔내며 선잠에서 깨어났다.

　유난히 초침소리가 커다랗게 들리던 시계 초침 소리. 시계는 벌써 밤 10시가 넘은 시간을 가리키고 있었다. 두 아이들은 티격태격 사내아이들의 장난기 어린 거친 싸움을 벌이다가 잠이 들어버린 시간이었다.

　이상하리만치 주변은 고요했다.

　고요함이 주는 평온함보다는 평소보다 불안한 마음이 스며드는 이상스런 기운에 선희씨는 손톱을 물어뜯기 시작했다. 평소 불안한 마음이 들 때면 습관처럼 나오던 버릇이었다.

　평소 사소한 일에도 전화를 자주하던 자상한 남편이었는데 전화도 없다.

전화를 걸어본다. 여러 차례 신호가 가지만 전화를 받지 않는 남편. 다시 한 번 걸어보는 전화지만 역시나 받지 않는다.

점점 더 불안해져만 가고, 똑딱거리는 시계초침 소리가 더욱 크게만 들렸다. 연락도 없는 남편이 야속하게만 느껴졌다.

남편을 위한 저녁밥상은 이미 차갑게 식어버린 후였다.

‘무슨 일이지? 연락 없이 늦는 사람이 아닌데…….’

양손이 떨리기 시작한다. 불안함에 몸이 떨리기 시작한다. 물어 뜯기 시작한 손톱은 붉어 질 데로 붉어져 아프기마저도 할 텐데, 멈추지도 못하고 쉼 없이 더욱 세게 물어뜯고 있었다.

불안함으로 기다리던 시간은 이미 깊은 새벽 시간을 알리고 있었다. 무서움마저 감도는 적막과 어둠 속에서 심장이 멎을 만큼 커다란 소리로 전화벨 소리가 울리기 시작한다. 남편일 거라 생각하고 받은 전화.

“여기 분당 ○○병원인데요. 교통사고로 부군이 위중한 상태입니다. 보호자 되시죠? 서둘러 오셔야겠어요.”

하늘이 무너지는 목소리에 선희씨는 아무것도 생각할 수 없어 철퍼덕 주저앉아 버린다.

정신 줄을 잃어버려 어떻게 병원에 도착했는지는 모르겠지만, 선희씨 앞엔 이미 주검으로 싸늘하게 식은채 눈감은 남편의 시신이 기다리고 있었다.

인생의 아름다움이 무엇인지 느끼기 시작할 즈음의 나이에 선희씨는 소중한 짝을 잃어버리고 만 것이다.

바로 어제 잠깐 감은 눈 속에서 걱정하지 말라던 남편의 목소리는 마지막으로 남긴 걱정스런 인사였나 보다.

꽃잎이 아름답게 눈발처럼 내려오시던 봄날.

아이들과 아름다운 외출을 약속했던 선희씨의 남편은 그렇게 먼 하늘로 봄바람에 날리는 꽃향기와 함께 기나긴 여행을 떠나가 버렸다. 청춘의 아름다운 짝을 홀로 남겨둔 채……

싸늘하게 식은 남편의 저녁상은 덩그러니 갑작스럽게 찾아든 이별을 말하듯 제자리에 한 동안 미동도 없이 놓여 있었다.

S. CODE J 13

가장 커다란 이별의 슬픔은 사랑하는 사람과의
준비 없는 이별…….

유월의 편지

열어놓은 창문 사이로 소문도 없이 불어오는 시원한 바람, 가득한 수증기를 품은 빗물과 함께하는 바람이, 시원함을 느끼기에는 충분함을 선물한다.

조금 이른 더위가 눈살을 찌푸리게 하고는 저 혼자 신이 났던 모양이지만, 오늘만큼은 시원함으로 다가와 준 비구름에게 양보하고 달아난다.

해가 바뀌고 달력의 낙장이 여섯 번을 넘기고 있지만 달아나기만 하는 녀석은 도무지 잡아낼 방법이 없다.

세월이란 녀석 참 빠르기만 하지?

바쁘다는 핑계로 한번쯤 뒤돌아보고 안아주었어야 할 너에게 연락조차 하지 못함이 못내 미안함으로 다가선다. 빗물이 안겨주는 차분함과 따끈한 증기로 피어오르는 향이 널 떠오르게 만드는 기억의 창이 되어 열린다.

빗물을 떨구는 하늘이 네가 머물고 있는 그 하늘에도 열려있는지는 모르겠다만, 내가 있는 이 하늘에선 열심히 '또로록 또록또록 똑똑'거리며 노래하듯 반갑게 내리고 있단다.

힘겨운 삶에도, 지쳐만 가는 하루하루에도 너무도 잘 버티어내던 너였다는 기억이 가득하다.

낮 한시를 조금 넘기고 있는 시간의 스침 속에서, 네가 무엇을 하고 있을지 무척이나 궁금해져 온다.

맛 집으로 소문난 집에서 특별한 점심이라도 먹고 있을까? 누군가를 떠올리며 그리움으로 멋쩍은 웃음을 짓고 있는 건 아닐지. 아니면 안개가 자욱한 상등성이를 바라보며, 날씨와 어울리는 음악과 함께 드라이브라도 하고 있으려나? 이런저런 너에 대한 상상으로 보내는 시간을 마주한다.

꽤나 오랜 시간 서로 얼굴 마주하기도 힘들었네.

계절이 또다시 바뀌어 가고 있지만, 바쁜척해야 하는 시간들을 외면하기 힘들었다. 이유야 어찌 되었건, 얼굴 본지도 꽤나 오래된 것 같다. 얼굴 한번 보자.

비와 어울리는 칼칼한 국수 한 그릇으로 허기를 채우고, 시동을 걸다가 문득 떠오른 너에게 짧게 끄적이고 간다.

고마움으로 내리고 있는 비다. 오랜만에 내려주고 있는 오늘, 비가 너를 떠올리기에 좋은 예쁜 그리움으로 내리고 있다.

달력의 낙장을 다시 한 장 떼어내기 전에 진짜 얼굴 한번 보자.

무지 무지 보고 싶다!

글로 다가온 정만큼 떼어 내기 힘든 정은 없다한다.
글이란 사람의 마음을 먼저 바라보는 마음의 눈이기 때문이다.

달콤이의 독특한 공개일기

소통의 문화로 깊게 뿌리 내리기 시작한 사이버 공간의 대화! 이제는 눈 마주치고 하는 일상의 대화보다도 더욱 친숙한 대화의 수단으로 자리 잡고 있다.

달콤이의 공개일기—

일 년이란 긴 시간 동안 숨김없는 자신의 일상을 사이버 세상 속에 공개한 독특한 달콤이의 일기를 꾸준히 읽어왔다. 하루하루의 일상과 주변인과의 부딪힘 속에서 일어나는 사실적인 이야기를 통해 느끼는 일상을 예쁘게 적어 내려간다. 간혹 곁들여진 만화 같은 사진들이 풋풋한 재미를 더하기도 하는 달콤이의 일기.

일기의 시작은 항상 웃음마크부터 시작된다.

그런 이유에서일까? 글을 읽기 시작하는 순간부터 입가에 머물게 되는 미소는…….

간단한 먹을거리들이 주제가 되기도 하고, 먼저 남자친구가 생긴 여동생에 대한 질투본능이 이야깃거리가 되기도 하고, 때로는 집에서 키우는 강아지 똥이, 길을 걷다 바라본 치킨 집에서 튀겨낸 닭다리가 웃음을 주는 이야기가 되기도 한다. 재미있었던 한때를 담아낸 추억의 사진을 꺼내 소중한 이야기를 풀어내기도 한다.

하루를 거르지 않고 써내려가는 달큼이의 독특한 공개일기를 오늘도 눈으로 훔친다. 가끔은 재미있는 일상에 웃음 짓기도, 가끔은 사람 사는 세상의 소박함도 행복의 의미로 일깨워주는 소소한 재미의 일기를 즐거움으로 훔친다.

시대의 변화와 함께 시작 된 새로운 소통의 공간.

얼굴 마주하고 진지한 대화로 풀어가야 할, 마음이 답답한 이들이 정말 많은 세상이다. 아니 어쩌면 한 사람도 빼놓지 않고 모든 이가 그럴지도 모르겠다. 무기력해져가는 마음의 질병이 제공하는 외로움 때문이 아닐까 싶다. 가끔은 편안한 위로가 되는 친구가 절실히 필요한 시대를 살아가는 사람들, 외로움이 깊은 사람들, 포기하고 싶은 현실의 늪에 빠져 고뇌하는 사람들에게 분명, 보이지 않는 소통의 장은 좋은 친구가 될 수도 있다. 단, 옳지 않은 목적으로 다가서지만 않는다면 말이다.

오늘도 달큼이의 독특하고 행복한 공개일기를 출근과 동시에 읽어 내린다. 역시나 달달한 미소를 머금게 해 주는 달큼이의 웃음 마크!

산다는 것! 더럽다 생각하면 더러워지고, 멋있다 생각하면
멋있어 진다.

소녀의 첫사랑

소녀는 읍내에 있는 사진관에 사진을 찍으러 간다.

내일 모레면 읍내에 있는 조그만 읍사무소에 첫 출근을 하게 됐다. 닷새마다 한 번 서는 장터를 지나, 걸어서 삼십 분쯤 들어가면 소녀가 살고 있는 한적한 집이 나온다. 널찍한 앞마당들이 저마다 있는 한옥집들이 듬성듬성 열서너 채 모여 있는 작은 시골 마을에 소녀가 살고 있다.

소녀는 드디어 지루한 시골 생활에서 벗어나 읍내로 터전을 옮겨 가게 되었다.

설렘 반 두려움 반 새로운 시작이 흥미롭기만 하다. 그동안 함께 했던 친구들과 정든 이별을 해야 하는 날. 소녀는 친구들과 기념사진도 한 방 찍고, 시내에서 제일 맛나기로 소문난 '할매찐빵집'의 구수하고 달달한 찐빵도 나누어 먹으며 담소라도 나눌 예정이다.

검정색 교복치마에 날카롭게 다려 입은 흰색 교복 상의를 단정하게 차려입고, 양 갈래로 길게 꼬아 내린 단정한 머리, 그리고 검정색 단화로 차림새를 마무리한다.

그렇게 사진 찍을 준비를 모두 마쳤다.

옥란이, 명숙이, 미자. 꼬맹이 적부터 쭈욱 친 자매인양 친하게 지내왔던 세 친구와 외출에 나선다. 얼굴을 살짝 분칠로 마무리까지 하고나니, 어린 숙녀들의 외출은 들뜬 기분이 들 수밖에 없었다. 수다스런 네 명의 숙녀들이 재잘거림과 함께 도착한 읍내 사진관 앞.

"야! 옥란아, 명숙아, 미자야! 니들 이리 빨랑 와봐. 여기 이 사진 속 이 남자 진짜 잘 생기지 않았냐? 꼭 외국 배우처럼 생겼다. 그치?"

소녀는 한눈에 반한 맑은 눈으로 사진을 뚫어져라 바라보고 있었다. 흡사, 사진 속 남자를 바라보며, 반짝거리는 빛을 머금은 소녀의 눈동자는 사랑에 빠진 듯한, 어여쁜 아가씨의 초롱초롱한 눈빛이 되어 있었다.

짙은 눈썹에 오똑한 콧날, 잡티 하나 없는 얼굴이 흑과 백의 조화를 이룬 한 장의 사진 속에 단정하고 깔끔한 모습으로 담겨 있었다. 누굴까?

기념사진 한방 멋지게 찍어내고, 단팥이 듬뿍 들어간 할매찐빵도 배불리 먹었고, 수다쟁이 네 친구들의 하루는 그렇게 쉽게 저물어 갔다.

가장 예쁜 모습으로 사진 속에 시간을 묻어낸 초보 숙녀들의 모습은, 총총 떠오른 맑은 별들과 함께, 언제고 떠오를 때 꺼내 보게 될 아름다운 추억으로 묻혔다. 수다스럽던 어느 하루에…….

삼년이란 시간이 흐른다.

정말 눈 꿈벅하는 사이에…….

소녀는 나이 스물 둘이 된 정혼기의 예쁜 아가씨가 되어있었다. 피어오를 만큼 피어난 아름다움이, 뭇 총각들 마음을 설레게 하는 예쁜 숙녀가 되어 있었다.

모처럼 집으로 향하는 날, 그 날은 햇볕이 너무 따가웠다. 소녀는 하얀 양산 하나를 받쳐 들고는 보고 싶은 가족들과 친구들에게 한 달음에 달려갔다.

깊은 여름한때. 산자락의 그늘이 시원함을 만들어가고, 낮부터 시끄럽게 울어대던 매미들의 울음소리도 잦아드는, 석양빛이 내리기 시작하는 들녘이 소녀를 미리 반기고 있었다. 반딧불 꽁무니 빛처럼 작게 빛나는 별이 하나씩 하나씩 어설픈 어둠 속에 찾아들고 있다.

정혼기의 소녀에게 오늘은 조금 수줍은 날이다. 이미 어머니와 아버지가 점찍어 놓으셨다는 총각과 첫 대면의 날이기도 하다.

가족들과의 반가운 대면 속에 상다리 휘어지는 저녁상은 비어가는 그릇들로 쌓여가고…… 끊이지 않는 웃음소리 속에 행복한 한때를 만들어 간다.

"애야, 일전에 한번 야그했재~? 긍게, 뭐시냐. 건너 마을에 애

비가 점찍어 놓은 사윗감 선 한번 보라고! 그놈 사진인디 우선 한번 봐바라.”

이상스런 설렘과 수줍은 미소 속에 소녀는 살짝 기대감에 부푼다.

“아부지! 이 사람 한번 봤는디요. 아부지 친구 아들이었어라?”

“나이는 너보다 세 살 위고, 설서 무역회사 다닌다 카더라, 이참에 선 한번 보장게!”

소녀의 두 손에서 정갈하게 미소를 짓고 있는 사람은 삼 년 전 사진관에서 보았던 소녀의 눈빛속의 남자였다.

이미 예정된 운명이었나 보다.

깊은 밤, 풀벌레 울음소리 논두렁 개구리의 시끌벅적한 농익은 여름소리에 잠들 수 없는 밤이다. 사진 속 살그머니 미소 짓던, 그 설렘 속의 인연 때문에 더욱이 잠들 수 없는 한 밤중.

밤하늘에 모여든 별들은 짙은 어둠 속에서 총총히 눈이 부시다.

S. CODE L 16

운명처럼 다가와 줄 인연의 복선은 마음이 먼저 느끼는 것!

웃어야 사는 여자

언제나 웃는 여자, 쉼 없이 미소 짓는 여자.

함박웃음이 습관처럼 스며들어 있는 여자.

아름다울 수밖에 없는 여자……

그녀는 행복을 글로 그리며 전하는, 행복이 웃음 속에 있다고 말하는 웃음 전도사다.

그녀에게 눈물이란 글 속에 숨어서도 없다.

가지런한 뽀얀 치아를 드러내고 흡사, 함박 피어오른 꽃처럼 아름답게 웃는 그녀에게 반한다.

강연장 한 귀퉁이에서 청강생들과 함께 가벼운 담소를 나누고 있는 시간에도 입가에 머문 함박웃음은 사라질 생각을 하지 않는다. 바라보는 마음마저도 옅은 웃음이 머물도록 만드는 그녀에게 밝은 에너지가 느껴진다.

분명, 밝고 힘 있는 에너지를 전하는 그녀다.

그렇지만 가끔은…… 가끔 흐린 하늘 아래서 그리움을 느끼는 날, 가끔 내리는 빗물 속에서 울적한 눈물이 글썽 거리는 날, 가끔 가슴 한 자락 외로움이 깊숙한 그런 날, 웃음으로 무장한 그녀에게 위로가 되는 것들은 무엇일까 하는 궁금증이 늘어간다.

그녀도 행복을 연설하는 강연가이기 전에 사람이기에 느껴야만 하는 감성들이 있을 진데…….

습관처럼 배어 있는 웃음이 그녀를 감추고 있는지도 모른다고 생각해버린다.

어김없이 밝은 함박웃음으로 그녀의 에너지를 만난다. 오늘도 건강한 웃음을 나누고, 행복한 삶을 열변한다. 분명한 것은 그녀를 만나는 사람들이 그녀에게 힘을 얻고, 살아감의 자신감을 얻는다는 것이다.

웃는 두 눈에 아름다운 세상이 보인다고.

웃는 얼굴에 아름다운 생의 그림자가 숨어든다고.

웃는 마음에 아름다운 숨결이 찾아든다고.

그리고 웃어야만 찾아오는 행복이라고, 그렇게 건강한 행복을 이야기하며 나누는 그녀다.

그녀의 외로움은 감추어진 것이 아니었다. 다만, 활짝 핀 웃음으로 사람이기에 겪어야 할 아픔의 감정들을 용감하게 이겨왔던 것이다.

여지없이 행복과 아름다운 웃음을 이웃들에게 선물하는 멋진 그 여자.

웃어야만 살아감의 의미를 느끼는 여자, 행복을 만드는 여자.

그녀는 웃어야만 사는 여자다.

웃음을 나누는 그녀가 몹시도 사랑스럽다.

웃음은 스트레스와 현대병의 만병통치약이다.
소리 내어 웃는 웃음이 건강한 삶을 만든다.
울다가 웃으면 멀찌감치 서있던 행복도 다가온다!

미소를 잃어가는 사람들

현관문을 나서기 시작하면서부터 부딪히는 익숙한 반복의 거리들. 바쁘고 분주하기만 한 시작의 시간!

가벼운 눈 마주침으로 하는 미소의 인사 한 번 하기도 어렵다. 익숙한 기계음 소리가 반갑게 맞이하는 아침이다.

'지하2층입니다.'

엘리베이터 걸의 아침인사로 또다시 익숙한 하루를 시작한다. 가끔은 자동차도 없고, 빌딩 숲도 없는 텔레비전에서나 볼 법한 예전의 한적한 마을이 그립다. 아침 문을 열면 조반 지으러 나온 아낙네들이 낮은 담 너머로 옆집 누구엄마를 불러가며 하루의 안부를 묻고, 개울가에 삼삼오오 모여 남편 흉도 보고, 자식 자랑에 '팔불출'이라는 소리를 들어도, 정겹게 이야기 나누며 빨랫감을 두들기던 시절의 그림 같은 풍경이 그리워진다.

물론, 무엇이건 손쉽게 얻을 수 있고, 어렵지 않게 거리를 나서고, 할 일도 많은 도심 생활에 길들여진, 현대병에 깊숙이 익숙한 사람들에게는 견디지 못 할 불편하기만 한 생활일 수도 있다.

'바쁘다 바뻐!'를 외치는 사람들.

황금을 쫓기에 바쁘고, 시간을 붙잡으려 하기에 바쁘고, 네 편 내 편 갈라가며 싸워 재끼기에 바쁘다.

묘한 스트레스를 받으면서도 경쟁에서 이겼을 때의 자만심에 도취되어, 순수한 마음이 조금씩 사라져 간다는 중대한 사실을 잊어버린다.

개개인 간의 경쟁에서도 모자라 나라와 나라의 대면에서도 우호 관계를 가장한 치열한 경쟁을 하기에 바쁘다.

항상, 바쁘다. 바뻐!

미소를 잃어 가고 있다.

가볍게 힘주어 살짝 입 꼬리를 올리고, 보일 듯 말듯 한 눈웃음 한번으로 좋은 기분을 선물하는, 부담스럽지 않은 미소. 돈 들이지 않아도, 힘들이지 않아도, 나누어 줄 수 있는 즐거움임을 알고 있지만, 참말로 어렵다.

어쩌면 바쁜 일상의 마음병 때문일지도 모른다.

'바쁘다 바뻐'를 외치며 쫓는 일상의 목적들 때문일지도 모른다. 이유도 모르고 미소를 잃어가고 있다. 가려진 벽들로 나누어진 촘촘한 공간속에 갇혀, 마음을 나눌 정겨운 사람들을 찾아보아도, 오로지 찾아드는 사람들은 목적이 있어 공사로 찾아드는 사람들뿐이다. 사람 냄새가 그립고, 일상의 담소가 그립다.

미소를 연습한다.

자동차 백미러를 바라보며, 입 꼬리를 살짝 치켜 올려도 보고, 가벼운 미소를 지어도 본다. 누군가 대화가 그립고 사람냄새가 그리운 이에게 보여주고 싶은 부드러운 미소를 짓는 연습을 한다.

찌그러진 채 붙박이처럼 고정된 미간 주름도 펴 보며, 미소를 연습한다. 쉽게 지을 수 있는 미소를 어렵사리 연습한다.

미소 짓는 법을 잊지 않기 위해서 말이다.

S. CODE H 24

생각이 나를 만들어 낸다. 긍정적으로 사는 삶!
얼굴마저 아름답게 만든다.

외로운 셀카쟁이들

각양각색의 꽃들이 널브러진 길가에 차를 멈춘 남자는 스마트폰 카메라로 열심히 찍어댄다. 딸인 양 보이는 예쁘장한 아이에게 김치, 치즈, 부침개 등등을 외쳐가며 웃는 아이의 입모양을 만들기에 바쁘다. 그놈의 촌스런 승리의 브이(V)자 포즈도 열심히 취해가며 말이다.

화창한 날 자연이 주는 밝은 조명아래 열심히 아이의 한때를 추억할 시간의 순간을 담고 있다.

아이를 바라보는 엄마인 듯한 여인은 예쁜 미소로 작은 행복의 한때를 바라보고 있다.

따가운 햇살의 자외선이 눈을 찌푸리게 할 즈음, 다시금 자동차에 올라탄 초여름 속 단란한 모습의 가족들은 바쁜 시동소리와 함께 어디론가 사라져간다.

세월의 흔적을 남기기에 좋은 사진, 추억의 낙장들을 간직하기에 좋은 사진.

탄생의 신비로움, 자라나는 재롱둥이의 예쁜 모습, 학창시절의 추억남기기, 사랑하는 연인과의 그리움이 되기에도 좋은 흔적 남기기, 결혼의 기쁨, 때로는 자연의 아름다움과 변화를 순간의 멈춤으로 담아내기도 한다. 모두가 세월 가고나면 사라져 버릴 소중한 시간의 한때를 멈추어 담아낸다.

혼자 남은 사람들의 심심풀이 사진 찍기!

전쟁 같은 아침시간이 지나고 나면 각자의 생활들이 시작되고, 홀로 남는 공간에서 하는 일들 중 너도나도 자연스레 경험하는 일이다.

일명 '셀카'라고들 한다. 스마트폰 세상이라는 흥미로운 세상을 살고 있다. 아이에서 어른까지 아마도 스마트폰 없이 일상을 보내는 사람들이 몇이나 있을지는 궁금하지도 않다.

이리저리 머리카락도 곱게 다듬어 내리고, 다양한 표정들은 지어가며 스스로의 한때를 담는 사람들.

언제부턴가 익숙하게 아무렇지도 않게 들리는 단어, '셀카'!

스스로를 카메라에 담는다는 의미로 만들어진 줄임말, '셀카'!

"사진 잘 나왔지? 그치?"

"뽀샵질 겁나게 했네. 뭐, 이쁘게는 나왔다! 근데, 얼굴만 매일 찍는데 뭐하러 찍냐? 다리도 한번 찍어 보내봐. 전신사진도 좀 찍고, 너 각도 너무 위로 잡아서 대갈공주 같아! 우하하하!"

친구가 보내온 예쁘기만 한 카톡 사진에 핀잔 한번 멋지게 줘 버렸다.

"할일 다 해놓고 나니까 그냥 너무 심심해서…… 다들 저 할일들 바쁘니 혼자 놀구 있다. 왜!"

조그만 가공업체를 운영하는 친구다.

그닥 사람 볶아댈 정도로 드세지도 않은 그녀가 몇 명의 직원을 거느리고 하는 일이란 바쁠 땐 코 베가도 모를 정도로 바쁘단다.

다 자란 아이들은 애미 속도 모르고 저 잘나 컸다 생각하기 바쁘고, 남편? 그저 무덤덤해진 일상으로 산악회다 뭐다 저 좋은 일만 찾아다닌다고……

홀로 남은 그녀는 잠시 짬이 나는 시간이면 어김없이 스마트폰을 꺼내든다고 한다. 그리고 시간이 더해 주름이 늘어가기 전에 남겨 놓고 싶은 한때를 열심히 찍어댄단다.

한가로운 오후 여지없이 찾아오는 무료함과 잠깐의 외로움을 찍어대는 그녀의 외로움의 소리는, '찰칵―'

사실 조금 전에 나도 찍었다. 셀카를 말이다.

김치, 치즈, 부침개 등등 가지각색 입모양을 변해가며……

텃밭에 물주는 여자

얼마 전부터 민주엄마는 다세대 주택 베란다 한쪽 구석에 작은 씨앗의 공간을 만들었다.

넓찍한 스티로폼 야채박스를 몇 개 구해 예쁜 색도 입히고, 다 먹고 버릴 페트병을 이용해 작고 아담한 화분도 만들고, 여기저기 널려있는 버려진 소품들을 모아서 귀여운 요정나라 정원 같은 조그만 텃밭을 만들었다.

그녀가 텃밭을 꾸민 것은 초등학교 2학년인 꼬맹이 민주와 한 약속 때문이었다. 형도 아우도 없는 민주는 외로움이 가득 한 아이였다. 가끔씩 자신의 몸 크기만 한 곰돌이 인형에게 이름을 붙여 가며, 소꿉놀이를 하는 게 전부인 아이였다.

"엄마, 나도 이쁜 동생하나 낳아줘. 응?"

학교 또래 친구들이 없는 건 아니지만, 선천적으로 아토피 증상이 심한 탓에 밖으로 나가 노는 것이 조금 부담스런 상황인 민주는 가끔씩 그렇게 동생 타령을 해댄다. 자신의 외로움에 대한 서툰 표현으로 말이다.

잠깐의 땀으로 놀고 난 후에도 어김없이 피부에 붉은 물집이 잡히거나, 가려움에 시달리는 증상이 찾아오곤 하던 아이는, 놀이터에서 놀고 있는 아이들을 창문 넘어 물끄러미 부러움의 눈으로 바라보곤 한다. 민주는 늘 외로움이 친구였던 터다.

민주엄마는 아이를 더 이상 낳을 수 없다. 젊은 나이지만, 자궁에 발병한 암 덩어리로 인해 더 이상 여인으로서 누릴 수 있는 축복의 인연도 만들 수 없는 상황이었다.

아이를 위해 공기 좋은 전원생활을 꿈꾸어 보지만, 그것 역시나 이런저런 현실의 문 앞에 서있는 이유로 쉽지만은 않은 일 이었다.

"민주야, 우리 예쁜 동생들 키워볼까? 이름은 채송화, 나팔꽃, 분꽃…… 토마토 딸기…… 예쁘지?"

동그랗게 뜬 눈으로 아이가 묻는다.

"에이 그건 꽃이잖아. 살아 있는 게 아니잖아! 엄마는 그것도 몰라? 꽃이 어떻게 동생이야?"

"민주야, 넌 태어나기 전엔 아주 작은 씨앗이었거든. 꽃씨처럼 아주 작은 씨앗이었단다. 그 씨앗으로 엄마에게 와서 눈도 코도 입도 손도 팔도 자라난 거란다. 꽃들도 씨앗을 심으면 예쁜 잎이 나고, 줄기도 커지고, 또 꽃잎이 지면 열매가 나기도 하거든. 그러니까 살아 있는 거란다."

깜박거리던 눈이 밝게 빛나며 아이가 활짝 웃는다.

"그럼 엄마 나랑 같이 키우는 거야. 응? 약속!"

고민 끝에 민주엄마는 아이에게 소중한 약속을 했다. 작은 꽃밭과 작은 텃밭을 만들어 아이에게 기쁨을 주고 싶었다. 집안 곳곳에 작은 텃밭을 일구어 싱싱함과 상쾌함을 아이에게 선물하고 싶었다. 혹시 모른다. 아이의 아토피 피부에도 좋은 약이 되어 줄지 말이다.

몇 가지 따스한 봄날 피어날 꽃씨들과 더운 여름 한철 맺어낼 채소의 씨앗을 아이와 함께 제법 예쁘게 꾸며 놓은 조그만 베란다 텃밭에 심었다.

그리고 꼭꼭 눌러 심어 놓은 씨앗위로 맑은 물을 뿌려 대는 텃밭에 물주는 두 여자.

민주의 순수함으로 반짝거리는 눈빛과 엄마의 아이를 바라보는 사랑의 눈빛이 마주쳐, 보이지는 않았지만 주변은 온통 행복의 눈부심으로 빛나고 있었다.

작은 두 여자의 텃밭에선 머지않아 고운 웃음의 꽃이 피고, 행복의 열매가 맺어질 게 분명하다.

텃밭에 물주는 여자, 두 번째 이야기

휴일 아침, 호들갑스런 아이의 들뜬 목소리가 시끄러운 알람시계를 대신한다.

"엄마~! 엄~~~마~! 빨리 일어나. 딸기가 싹이 나와. 진짜야, 엄마! 진짜라니까~ 빨랑 일어나! 엄마~아!"

호들갑스런 민주의 재잘거림에 반쯤 감긴 눈으로 게으른 일요일 아침 눈을 뜬다.

개미 꽁무니만한 여린 싹이 흙을 걷어내고 고개를 내밀고 있었다. 기특하게도 여기저기 고개 드는 싹들이 어린 민주에게 웃음을 심어주며, 귀엽사리 올라오고 있었다.

흥미로움을 감추지 못하는 민주의 입은 함지박만 하게 웃음을 짓고 있었고, 초롱한 아이의 눈엔 기쁨의 빛이 스며들어 반짝거림마저 함께하고 있었다.

"이쁘지 엄마! 그치?"

아이와 함께 만든 작은 베란다 텃밭에 맑은 물을 먹이고, 베란다

창을 열어 촘촘한 흙 속으로 공기를 불어 넣고, 낮 동안 포근히 들어오던 따사로운 햇살을 포근한 품으로 만들어 주던 어느 날, 작은 씨앗들이 결국엔 고마운 싹을 틔워냈다.

"우리 민주 좋겠네, 동생들 생겨서! 좀 더 지나면 줄기도 커질 테고, 잎들도 커질 거야. 그리고 좀 더 시간이 지나면 딸기도 토마토도 예쁘게 열리겠다. 민주야 민주 동생들 열심히 키우자. 알았지?"

"네~!"

조그만 텃밭 작은 세상에서 아이가 기뻐하고 행복의 웃음을 짓는 모습을 바라보던 민주 엄마는 조그만 일상의 행복을 느낀다.

늦어버린 아침상 준비에 분주해진다.

베란다 한 켠에, 뿌려놓았던 콩나물시루에서도 다자란 콩나물이 노랑물이 오른 채로 가득하게 있었다. 자그마한 아이의 손으로 한 두 움큼 뽑아낸 콩나물로 아침상을 차릴 참이다.

맑은 물에 씻어낸 콩나물로 구수한 국을 끓이고, 참기름과 참깨 넉넉히 뿌려 넣어 고소한 향이 번지는 콩나물 무침, 그리고 갓 지어낸 찰진 밥으로 싱싱한 행복의 한 끼를 마친다.

열어둔 넓은 창틈으로 불어오는 바람마저 싱그럽기만 한 게으른 휴일 아침은, 민주의 소란스런 기쁨과 함께 평온한 하루를 맞이한다. 민주와 민주엄마의 작은 텃밭 행복한 물주기는 한동안 계속될 듯하다.

알뜰마트 아줌씨 때문에

늦은 퇴근길에 항상 집 밖에서의 일과를 마치기 위해 매일매일 들리는 곳이 있다.

바로 아파트 앞 슈퍼마켓, 알뜰마트!

역시나 넉넉한 주인 아줌씨는 오늘도 반가운 얼굴로 맞아 주신다. 부식거리와 간식거리에 적합한 물건을 고르고, 계산대 앞에 서 있던 나는 아줌씨의 알 수 없는 행동을 또렷이 바라보게 된다.

야채와 과일 등 이것저것 꽤나 많은 물건들을 커다란 박스에 주섬주섬 아낌없이 담고 계셨다.

아줌씨의 행동을 미안한 듯 바라보고 있던 할머니 한 분이 겸연쩍게 한마디 하신다.

"애기엄마, 고만 담아. 그것도 많은데 팔아야 돈이 되지, 다 퍼주고 나면 어쩌려구, 참말로 미안스러 죽겠네. 아이구 참 고만 담으라니까!"

"할머니 상처 난 과일이구요. 채소도 싱싱하지는 않아요. 그래도 먹는 데는 아무 지장 없으니까요, 애들하고 맛있게 해 드셔요. 담에 오시면 또 챙겨 드릴게요. 딸자식이 장 봐줬다 생각하세요.”

몇 마디 대화가 오고 가더니, 배달용 오토바이에 박스를 번쩍 들어 실어 놓으신다.

배달마저도 해 주시려는 듯 했다.

“미안해, 기다리게 해서…… 어디보자 다해서 2만 8천 원이네?”

카운터에서 계산을 하는 동안 아줌씨에게 짧게 한마디 건넸다.

“근데..저 많은 걸 공짜로 주시는 거예요? 물건도 나쁜 것 같지 않던데요.”

물론 짐작은 했다. 맘씨 좋고 넉넉해 보이시는 아줌씨는 덤 주기 좋아하시고, 퍼주기 좋아하시는 걸 알았기에, 아마도 어려우신 분에게 도움의 손길로 나누어 주셨으리라는 것을…….

“길 건너 재개발지 사시는 양반인데, 나이도 많으신 양반이 손주 둘 데리고 사시는 게 안타까워서……. 어차피 조금씩 상처나 있는 물건들 돈 받고 팔아봐야 마음 편하지도 않고, 놔둬봐야 상하기 밖에 더 하겠어? 그래서 그냥 어려운 양반이나 드리자고 하는 짓이지.”

짠한 가슴에 한숨을 쉬어내는 말씀을 짧게 마치고는 오렌지 두 개를 덤으로 재빠르게 봉투에 담아 버리신다.

“싱싱한 건 아니 여도 먹을 만은 해. 달더라.”

약한 주변인을 돕는 사람들, 참 아름다운 사람들!

넉넉한 살림살이가 아니어도 매월 어려운 사람들을 위해 그들과 결연을 맺고 매월 일정액을 지원하는 사람도 있고, 자신이 가진 재능을 이용해서 아름다운 마음을 선물하는 사람들도 있고, 때로는 몸으로 하는 봉사활동을 통해 나눔을 실천하는 사람들도 있다.

내가 본 아름다운 아줌씨.

그녀는 알고 있는 것 같다. '나눔'이란 있는 자가 하는 것도 아니고, 배운 자가 하는 것도 아니라는 것을······.

다만, 나눌 수 있는 마음과 실천이 아름답고 소박한 사랑이라는 것을 분명 알고 있는 것 같다. 아니, 그녀는 이미 잘 알고 있다.

농익은 봄날 홀씨들은 보드랍게 불어오는 바람에 흩날려 멀리 멀리로 날아간다. 아마도 어딘가의 흙무덤에 앉아 아름답게 뿌리를 내릴 것이다.

아름다운 사람들의 예쁜 마음이 바람타고 날리는 홀씨처럼, 여기저기 많은 곳에 내려 앉아 곱게 뿌리 내려지기를 바라는 마음이 드는 하루다.

2013. 05. 12.
알뜰마트 아줌씨 때문에 쓴 일기

평온한 휴일에

　'로마의 휴일'이라는 아주 오래된 영화를 흐릿한 기억의 영상으로 떠올린다.

　흑백의 색깔 없는 무채색 도시에서, 아름다운 휴일의 평화로운 오후 비록 짧은 시간이었지만, 운명 같은 사랑의 마법에 걸린 앤 공주와 신문기자의 아름다운 사랑 이야기. 그때의 영화 속 평온의 느낌을 어렴풋이 기억한다.

　로마의 아름다운 휴일처럼 로맨틱하지도 사랑의 설렘으로 가득한 휴일도 아니지만, 편안함이 가득한 익숙한 도심의 휴일이다.

　도심의 풍경은 언제나 그렇듯 가득한 먼지와 색채감 없는 흑백영화 속 풍경처럼 무채색의 느낌으로 다가선다.

　고요함!

　평소 시끄럽고 정신없기 그지없던 거리마저 유난히 조용하기만 하다. 뭔가 불현듯 튀어나올 것만 같은 도심의 적막감과 작은 소리도 없는 회색 공간. 시계초침 소리만 요란하다.

어디론가 튀어 나가고픈 충동!

정작 거리를 나서면 어디로 향해야 할지도 모르는데 말이다.

운전대라도 잡아야 할 모양이다. 잠깐의 갑작스런 외출 속에서 영화 속 앤 공주처럼 순수하고 아름다운 사랑의 주인공이 되는 사랑스런 상상도 해보며…….

세상에서 가장 슬픈 기도

창욱이네 집은 오래 전부터 행복한 미소가 보이질 않는다. 그렇다고 해서 경제적으로 형편이 어려운 것도 아니다.

창욱의 아빠는 제빵 체인을 운영하는 제과제빵사로 열심히 살아가는 가장이고, 엄마는 세 딸과 창욱이를 지성으로 살피는 현모양처의 포근한 사람이다.

의대를 졸업한 레지턴트의 인재인 큰 누나, 빼어난 외모를 가진 연극배우인 둘째 누나, 그리고 누구나 알 만한 대학 의상학부에 다니고 있는 셋째 누나까지 나름 부러울 것도 꿀릴 것도 없는 집안이다.

딸 부잣집 막내아들로 태어난 창욱이. 늦둥이 아들로 태어나 집안의 기쁨은 말할 나위 없었다.

그러나 아들을 얻은 기쁨도 잠시, 다른 아이들보다도 발육상태가 더디고, 갓난아가의 잔병치례도 유난히 많아지는 창욱이를 바라보며, 엄마의 근심은 늘어만 갔다.

‘후천성 근육 이영양증’이라는 병명의 불치병을 얻은 아들 창욱이의 불행 때문이었다.

너무 늦은 나이에 아들 욕심으로 낳은 창욱이를 자신의 죄라 여기며 답답한 가슴을 쳐내기만 할 뿐인 엄마였다.

벌써 13년이란 세월, 아들의 악화되는 몸 상태를 바라보며 그녀는 눈물짓는 세월을 보내왔다. 보통의 아이들이라면 초등학교를 졸업할 나이고, 열심히 뛰어 놀고, 다른 아이들과 마찬가지로 사춘기도 겪어야 할 나이이지만, 아들 창욱이는 엄마가 읽어주는 책으로 세상을 배우고, 텔레비전에서 보이는 세상을 바라보아야만 하는 게 배움의 전부이다.

아픈 아들의 근육 마비가 더 이상 악화되지 않도록 수없이 주무르며 인위적 운동도 시켜보는 엄마지만, 더욱 악화만 되어 가리라는 걸 안다. 그녀는 하루하루 안타까운 아이의 얼굴을 바라볼 수밖에 없는 가슴 아픈 엄마였다. 아들 앞에서만큼은 미소로 숨겨야 하는 눈물을 가슴으로 흘릴 수밖에 없는…….

이른 새벽이 밝아 오기도 전에 아이의 엄마는 부족할 법도 한 잠에서 깨어난다.

손가락 사이로 헝클어진 머릿결을 살짝 정돈하고, 간단한 세안 후 화장기 없는 근심 가득한 얼굴로 차가운 바람이 부는 혹한의 거리를 나선다.

매일 같은 시간 나서는 길에는 어둠속에서 빛나던 가로등이 희미

하게 꺼질 듯 말 듯한 모습으로 그녀의 새벽거리를 밝혀준다.

창욱의 엄마가 그 시간 향하는 곳은 집 근처에 있는 작고 소담한 교회였다. 십 년이 넘은 세월, 하루도 거르지 않고 향하는 곳이다.

'주여! 단 한 가지만 바라고 원하옵건대, 부디 내 사랑스런 아들 창욱이를 저 보다 먼저 당신의 아름다운 나라에 불러주시옵소서. 내 아름다운 아이가 조금이라도 고통에서 빨리 벗어날 수 있도록 서둘러 불러주시옵소서…….'

나지막한 소리로 하는 간절한 그녀의 기도.

혹한의 추위에서 온몸을 바들바들 떨며 하는 그녀의 기도는 단 하나의 기도였다.

이다음에라도 아이가 자신이 없을 세상에 홀로남아 겪어야 아픔들을 겪게 하고 싶지 않은 기도. 아이의 아픔을 죽기 전까지 겪어야 할 그녀 자신을 위한 기도가 아닌, 그녀가 세상 다하는 날까지 지켜야 할 아이를 위한 기도였다.

세상에서 가장 슬픈 기도를 하는 그녀였다.

차갑고 매서운 바람이 부는 한 겨울 꽁꽁 얼어붙은 땅 속에서 곧 있으면 희망의 새싹이 추위를 물러가게 할 것이다. 가장 여린 잎이 단단했던 흙을 힘차게 뚫고 나와 아름답고 눈부신 생명으로 자랄 것이다.

슬프지만 아름다운 기도를 하는 그녀에게 하고 싶은 말이 있다.

"슬프지만 아름다운 기도를 하는 창욱엄마, 그래도 울지 마소.

함께 해주고픈 사람들이 많다우. 아픔 없는 사람들 없다 하지 않소. 세상살이 힘들다 생각마소. 다들 아픔 하나씩은 간직하고 산다우. 그러니 가슴 치지 마소."

S. CODE J 8

함께 살아가는 사람들이 말한다.
이런 저런 사연 많은 이유로 많은 아픔들을 말한다.
맞다. 아픈 세상이다.
아픈 세상이 맞다. 그러나 행복한 세상이기도 하다.
즐겁고 아름다운 세상이기도 하다.
마음의 눈으로 함께 살아가는 서로를 바라보자!
분명 함께하는 행복한 세상이 되어 줄 것이다.

이 나이에 내가 뭘 해?

전 세계적으로 광풍을 일으켰던 영화 해리포터 시리즈를 기억하는 사람이 많을 것이다.

원작자 조엔롤링은 남편과 불행한 결혼생활 끝에 이혼을 하고, 정부보조금을 받아 근근이 아들과 함께 살아가던 가난하고 평범한 아줌마였다.

그런 그녀가 어느 날 기차여행 도중 플랫폼에서, 재미난 글의 영감을 받아 써내려간 동화 같은 판타지 소설이 바로 그 유명한 『해리포터 마법사의 돌』이란 작품이었다.

그녀의 책은 전 세계적으로 유명한 책이 되었고, 영화로도 제작되어 지구촌 대부분 사람들이 읽거나 영화로 감상한 세계인의 대작이 되었다.

중년이라는, 어쩌면 꿈을 포기했을지도 모르는 나이에 일어난 기적 같은 일이었다.

"미치겠다. 나이만 먹고, 해놓은 건 없고, 이제 뭔가를 한다는 것

"

도 두렵고, 살아가는 것도 자신 없고…… 허무하다, 허무해.”

오랜 세월 알아왔던 친구는 아니었지만, 유난히 맘이 쓰이는 친구였다.

일상적인 평온함에 젖어 그저 아이들 키우고 살림살이하고 그렇게 스스로를 무료하게 살고 있다고 생각한 그녀의 푸념이었다.

물론, 새끼들 잘 키우고 가정을 평화롭게 만든다는 건, 여자로서 훌륭한 일을 하고 있는 것이 분명하다.

글쓰기를 좋아하고, 평소 진실한 맘으로 사람들을 대하는 그녀. 난 알고 있다. 그녀가 무엇보다 순수하고 재능이 있는 친구라는 것을, 순수감성을 녹여내는 탁월한 재능이 있다는 것을…….

꿈이란 젊음으로만 품을 수 있는 것이 아니다.

불분명한 꿈을 꾸고, 엉뚱한 곳을 바라보는 어린 나이의 친구들도 많다. 꿈을 꿀 수 있는 나이가 중요하다고 생각하지 않는다.

다만, 꿈이 있고 그 꿈을 향해 노력하는 열정이 있는 중년은 결코 늦지 않은 나이이다.

중년이란 나이는 아름다운 나이라고 말하고 싶다. 삶을 녹녹히 겪어 낸 경험들이 온몸에 스며든 나이, 참으로 아름다운 나이이다.

“언니, 글 잘 쓰시던데 글 한번 써보세요.”

진심으로 그녀를 위해 한 말이었는데, 그녀는 대뜸 내게 시큰둥한 대답을 한다.

“이 나이에 내가 뭘 해? 별 소릴 다한다.”

나이 타령으로 꿈을 포기하려는 그녀에게 전하고 싶다.

"그 나이에 뭘 해? 그 나이에 어떤 아줌마는 세계적인 베스트셀러 작가도 되더만."

꿈은 꾸는 것도 중요하지만 포기하지 않은 열정도 중요하다고……
그리고 그 나이, 아직은 살아갈 만한 멋진 나이라고 말이다.

2013. 05. 15.
나이 타령하는 친구에게

저의 첫 생일이래요

꼭 365일이 됐답니다. 제가 태어난 지요.

아름다운 모습에 온화한 미소를 지으시는, '한 미모' 하시는 똑똑하고 예쁜 엄마와 미래 LED업계를 책임지고 계시는 연구원이신 멋진 아빠, 두 자랑스러운 분들의 알콩달콩 사랑의 결실로 제가 태어났죠.

세상 밖으로 처음 나온 날에는 밝음마저 불안해서, 우렁차게 울어 버렸죠. 다들 놀랄 정도로요. 너무 밝아 눈도 뜰 수 없었으니까요.

처음 제 모습은 쭈글이였봐요. 모두들 저를 보시더니 웃기만 하시더라고요. 쭈글이 제 모습이 너무 우스꽝스러웠나요?

아무튼 시간이라는 게 뭔지도 잘 모르지만, 하루라는 날들이 계속해서 지나쳐갔죠. 그러는 동안 전 목을 움직여 이리저리 사방을 둘러보기도 하구요. 엄마를 바라보며 축축한 기저귀를 갈아 달라 짜증스럽게 울기도 했답니다.

뾰족하고 날카로운 바늘에 수십 번 엉덩이를 찔리기도 했었죠.

가끔은 쓰디쓴 가루를 먹기도 했지요.

우리 엄마는 왜 제가 싫어하는 것만 주시는지 참 밉기도 했지만, 알고 보니 너무 예쁘고 귀한 제가 아플까 봐서 그랬답니다. 하루를 더할 때마다 전 차츰차츰 온몸으로 움직이기 시작했죠.

물건을 잡아당기다가 와르르 무너뜨리기도 했고요. 먹기 싫은 이유식으로 주물, 주물 장난치다가 온몸에 지지하게 묻히기도 했죠.

가끔은 엄마 머리카락을 잡아당기다가 엉덩이를 꽤나 아프게 맞기도 하고, 잠자다가 침대에서 굴러 떨어져 세상아 날 좀 봐라 하며 큰 소리로 울어서 엄마아빠를 깜짝 놀라게 하기도 했답니다. 말썽쟁이 아들이었지만, 여전히 절 너무 예뻐하세요.

제가 너무 예쁘다고 가끔 깨무시는데요, 아픈데 왜 무시는 건지는 아직 잘 모르겠어요.

아무려면 어떻습니까? 전 이렇게 건강하게 무럭무럭 자라고 있는데요. 두 분의 사랑으로요.

눈이 부시게 터지는 플래시 세례에 어리둥절하네요. 사진기를 들고 이리저리 찍어대시는 아저씨, 플래시 안 터트리면 안 되나요? 너무 눈이 부셔서 자꾸 눈을 깜빡거리잖아요.

외할머니와 친할머니 두 분은 서로 절 안아보시려 합니다. 역시 전 너무 멋지게 태어난 아이인가 봐요. 인기가 이리도 많을 걸 보니 말이죠.

와— 처음 보는 분들도 많은데요? 꼭 저 만한 아이들과 함께 오신 분들도 있고요.

맛난 음식들에서는 기분 좋은 냄새가 납니다. 생일 케이크에선 솜사탕처럼 부드럽고 달콤한 냄새가 나고요. 생일이란 즐겁고 기분 좋은 날인가 봐요. 내일도 생일이었으면 좋겠네요.

제 첫 생일에 와주신 분들 모두 모두 감사드려요. 답례로 한번 웃어 드릴게요.

"까르르 까르르, 헤헤!"

덕분에 전 너무도 행복한 하루였답니다.

참, 전 오늘 복 돈을 잡았답니다!

밀당의 끝, 용기

그녀에게 거는 마지막 전화 일지도 모른다.

며칠 전 어이없는 싸움을 하고, 밀당 아닌 냉전을 치르고 있다. 실수였다. 그녀에게 그렇게 말하는 게 아니었는데…… 웬수, 웬수…… 그놈의 술이 웬수다.

잦은 회식과 술자리는 어쩔 수 없는 나의 일과다.

그날 역시 피할 수 없는 술자리에 합석하게 되었고, 별로 하기 싫은 대화에 말 상대를 해야 했다. 몇 잔의 술이 취기를 만들고, 나와 함께한 그들은 2차, 3차, 재차를 독촉한다. 싫어도 싫다고 말할 수 없는 미칠 것 같은 상황이 내내 불편하기만 하다.

전화벨이 울린다. 시끄러운 노래방 굉음 속 벨소리가 들릴 턱이 없다. 스마트 폰의 경쾌한 벨소리마저 감추어 버리는 혼잡한 소음 속에서 몇 차례 반짝거리던 불빛! 그녀의 전화인 듯했지만, 받을 상황이 아니었다. 나름 눈치라는 걸 보고 있었으니까…….

또다시 울리고 울리기를 몇 차례.

　나를 찰떡처럼 믿어주던 그녀였는데, 일상적인 모습의 그녀가 아닌 듯하다. 궁금했다. 무슨 일인지…….

　그렇다 해도 눈치 보기 바쁜 상황이 조금은 안절부절못한 나를 만들었고, 미안한 마음은 가득했지만 내 손가락으로 나도 모르게 찍어 버린 문자는―

　'너, 미쳤어? 왜 그래. 안 그랬잖아.'

　전송 버튼이나 누르지 말걸, 왜 그랬는지…….

　'뭐? 미쳤냐고? 뭐야. 내가 오빠한테 그것밖에 안 되는 존재였니? 하하하하하―웃긴다. 오빠!'

　그리고는 여직도 연락이 없다. 나 역시 먼저 연락할 엄두가 나질 않는다. 미안해서 너무 미안해서…….

　안절부절 그렇게 기다리다, 기다리다 가버린 시간이 일주일이다. 쪽팔리지만 남자도 가슴앓이한다. 남자도 무지하게 아프다.

　일하다가도 문득 문득 울려오는 가슴이 아프다. 태연한 척 웃어 보아도, 얼굴 근육은 웃음을 마비시킨다. 뻐근해져오는 목덜미는 아프기만 하다. 아픈 마음의 울림이 몸뚱이마저 아프게 하는 것만 같다.

　잊어야만 하나, 용기를 내야 하나…… 고민, 고민하는 소심한 A형 남자인 나……에이, 못난 혈액형! 괜한 혈액형 탓만 해본다.

　'용기내야지' 하는 순간 바라보게 된 한통의 문자!

　'오빠 시간 나지 않더라도 통화 좀 하자.'

사실 그녀에게 해줄 수 있는 게 많지 않은 나다. 고민한다. 그녀를 위해서 이쯤에서 못난 나를 잊으라 해야 할까? 아니면 그녀에게 가끔씩 상처를 주어가며 만남을 이어가야 하나?

'딱, 30분 후에 전화해야지.'

이건 나의 자존심!

010-0000-0000 그녀에게 전화를 건다.

몇 번의 신호가 도착하는 그 짧은 시간에도 별의별 생각이 다 든다. 차컥— 숨이 멎는 것 같다.

"오빠, 완전 반갑습니다. 왜 이제 전화해요. 목소리 듣기두 힘드네, 진짜! 우하하—."

생각지 못한 그녀의 밝은 목소리에 조금은 놀랍다.

내 아픈 가슴은 그 순간 모든 긴장과 함께 사라졌다.

'아— 사랑스런 나의 그녀야, 고맙다 고마워…….'

지금 이 순간 나는 무지하게 행복하다. 그 누구보다도…….

S. CODE H 6

가슴 아픈 기다림의 고통을 감수하는 것 보다는
먼저 손 내미는 용기!
진정한 그대의 사랑으로 다가와 주지 않을까?

밀당의 끝, 용기 두 번째 이야기

  아마도 지금 하는 이 문자가 그 남자에게 하는 마지막 문자가 될 지도 모른다.

  사랑이란 걸 하면 할수록 불안해지는 복잡하고, 미묘한 이 감정이 집착이라면 버려야 할 못된 버릇일지도 모르지만……. 아무튼 긴 시간 끓어온 가슴앓이의 끝은 봐야 할 것만 같다.

  여자는 그렇다.

  간혹 한번쯤 우울해지는 날이면 마구 마구 이야기하고 싶어진다. 그렇기에 여자란 수다스런 존재라 말한대도 할 말은 없다.

  나도 수다스런 여자 중 한 명이란 걸 그 남자는 모르고 있나보다.

  한 일주일쯤 되었나? 그 날은 비가 오던 날이었다.

  나지막하게 깔린 먹구름이 우울한 비를 뿌려댔고, 간혹 읽어내리는 소설 속 슬픈 여주인공인양 우울함의 정점에 다다라 있던 여자였다. 그때의 난…….

  웬만한 꽃미남 저리가라는 남친의 미모. 콩깍지? 절대 아니다.

잘빠진 몸매에 화려한 옷발 남자답지만 곱상한 그 남자의 외모는 지나치는 예쁜 여인들의 시선을 한 몸에 받을 만큼 잘났다. 어디까지나 내 생각일 뿐인지도 모르겠지만, 그렇다고 꿇리는 내 미모는 절대 아니다.

아무튼 그 남자— 내겐 놓칠까 봐도 불안한 멋진 남자인건 사실이다.

우울한 날엔 우울한 생각만 든다더니…….

분명 그 남자 중요한 회식이 있다고 말은 했지만, 뜬금없이 다가오는 불안한 생각은 멈출 줄을 몰랐다.

미스김, 미스박, 미스최…… 함께 회식자리에 있을 예쁜 여인들도 많을 테고.

왜 그랬을까? 그날따라…….

사랑이란 믿음이라고 항상 머릿속으로 되뇌던 나였다. 사랑이란 집착하는 순간 도망 가버린다고 수차례 가슴으로 새기던 말이었는데…… 믿어 주는 것이 사랑이라 생각했던 나였는데 말이다.

전화를 했다. 전화를 받지 않는다. 한 번 더 했다. 또다시 받질 않는다.

어라, 이 남자 봐라?

서너 번 더 전화를 하지만 결코 받지 않는다.

빨개질세라 손톱 끝을 물어뜯으며 기다려 보지만, 벨소리는 단 한 번도 울리지 않는다.

‘너, 미쳤어? 왜 그래. 안 그랬잖아.’

휴대폰 액정이 한차례 밝아지더니 온 문자 내용—

허걱! 이게 뭐야? 화가 치밀어 오른다.

‘뭐? 미쳤냐고? 뭐야. 내가 오빠한테 그것밖에 안 되는 존재였니? 하하하하하— 웃긴다. 오빠!’

그 문자를 마지막으로 여직 연락이 없다.

먼저 연락 해보고 싶지만 엄두가 나질 않는다. 미안해서, 너무 미안해서…….

사연이라는 것이 있을 수도 있었을 텐데……. 그렇게 문자를 보내는 게 아니었는데…… 후회스런 맘이 가득하게 미안해서…….

안절부절 그렇게 기다리다, 기다리다 가버린 시간이 벌써 일주일이다.

숨 가쁜 가슴앓이라는 걸 하고 있다는 걸 알고 있을까?

무지하게 아프다. 일하다가도 저리듯 울려오는 가슴 때문에 아무것도 못하고 있다는 걸 그 남자는 알고 있을까?

감정이 밋밋한 남자는 절대 모를 것이다. 바보 같은 남자니까.

잊어야만 하나, 다시 용기내야만 하나. 고민 고민 끝에, 화끈한 내가 쿨하게 먼저 해보리라 용기 내어 본다.

‘오빠 시간 나지 않더라도 통화 좀 하자.’

바로 답이 없는 걸 보니, 이 남자 내게서 멀어져갈 모양이다.

잘 해주지도 못하는 나인데…… 떠난다면 어쩔 수 없겠지. 아픈 마음은 시간이란 놈이 빠르게 지나갈수록 잊히겠지 하고 포기한 순간—

010-0000-0000 그 남자의 전화다!

너무 반갑지만 세 번만 더 울리고 받아야겠다. 이건 나의 자존심이니까…….

처컥— 숨이 멎는 듯하다.

"오빠, 완전 반갑습니다. 왜 이제 전화해요. 목소리 듣기두 힘드네, 진짜! 우하하—."

아무 일 없듯 반갑게 받아준 게 잘 한 듯싶다.

아무것도 묻지 않았다. 그저 다시 듣게 된 그 남자의 목소리가 너무 좋아서……너무 반가워서…….

'아— 사랑스런 나의 그녀야, 고맙다 고마워…….'

지금 그 남자의 목소리를 듣고 있는 나는 무지하게, 무지하게 행복하다.

S. CODE E 7

행복한 결말을 이끄는 사랑의 마지막 모습은 서로를 배려하는 '너를 위해서'라는 모습이라는 생각.

빵점짜리는 없어요

얼마 전 중간고사를 마친 아이가, 성적표를 거침없이 아주 자랑스럽게 들이 민다.

혹여나 하는 마음은 없었다. 역시나― 성적표를 펴든 나는 웃음밖에 나질 않는다.

‘헉’ 소리 날 정도의 성적표였으니 말이다.

수학 점수 30점 이하, 국어점수 50점 이하, 그 외 기타과목 점수는 말해 뭘 할까.

그나마 다행인건, 영어 하나 달랑 80점 넘었다는 점이다.

미술 수행평가 만점에, 이론 점수 60점. 정말 웃음으로 얼버무릴 수밖에 없는 성적표였다.

“엄마, 빵점짜리는 하나도 없어! 다행이지?”

짧게 한마디 던지는 아이는 책가방을 한쪽 구석으로 던져 버린 뒤, 훌훌 벗어 던진 교복을 뒤로 하고 악기부터 만지기 시작한다.

악기를 다루고 음악에 심취한 아들이 뜬금없이 상위권 성적에서

바닥권 성적으로 하향 이동한 성적표에도 화를 내 본적이 없다.

무관심? 아니다. 언제나 아이를 믿기 때문이다. 단지, 아이에게 심리적 부담을 주기 싫은 엄마일 뿐이어서 그렇다.

공부? 할 놈은 굳이 말로 하지 않아도 할 테니까……. 언젠가 의미 없이 사주었던 기타 하나가 계기가 되어 악기에 심취한 아이지만, 나이에 걸맞지 않은 열정이 넘쳐난다.

처음엔 장난감처럼 악기를 대하는 아이인 줄로만 알았다. 시간에 아이의 연습량을 조금씩 더하던 어느 날엔가, 아이의 실력이 일취월장 늘어나고 있음을 발견한 나는 아이의 열정을 읽을 수 있었다. 그것도 완벽한 독학으로 해나가는 아이가 대견하기까지 하다.

"성적이 이게 뭐니? 당장 학원 등록하고 오늘부턴 무조건 12시까지 공부하고 자라."

스트레스와 강박관념 속에서 자라나는 요즘 아이들이다. 입으로는 인성을 노래하는 교육이지만, 실제는 성적표와 좋은 대학에 진학을 목표로 하는 주입식 이론 교육에 멈추어 있는 것이 교육계의 현실이다.

대부분의 엄마들이 학교 성적이 조금이라도 떨어질라 치면 아이에게 하는 말이다.

공부 열심히 하라는 말 대신 힘내라는 말로 아이의 아침을 열어 보는 건 어떨까? 좋은 대학에 가야만 한다는 말 대신 정말 하고 싶은 일이 무엇인지 한번쯤 묻는, 아이를 이해하는 엄마가 되어 보자.

미래를 열어가는 아이의 머릿속을 교과서로 채워 넣지 말자. 상
상을 하게 하자. 자유롭게 상상하고, 마음껏 날아오르는 희망찬 미
래를 상상하게 해보자.

자유로운 상상 속에서 창의력을 키우는 사람과, 천재성보단 열정
으로 노력하는 이들 중에서 아름다운 사람이 더욱 많이 탄생한다.

"엄마, 빵점짜리는 하나도 없어. 다행이지?"

창피함도 없이 자랑스럽게 말하는 아이는, 오늘도 어김없이 만지
작거리는 악기를 통해 자유로운 상상을 한다.

힘내라— 무조건 사랑한다!

S. CODE O 5

세상에 존재하는 모든 의미가 있는 것들 중에는 분명
나만의 의미로 존재하는 것들이 있다. 그 의미를 찾아내는 것,
그것이 내가 해야 할 가장 소중한 일이다.

하은이랑 규이랑,
첫 번째 이야기 ─ 하은이랑

내 사랑 하은이. 그녀의 나이 스물여섯.

누가 보면 갓 스물을 넘긴 대학 신입생처럼 보인다.

눈은 초롱초롱 아기 고양이 눈 닮았다고 하는 사람도 있고, 조그마한 키에 뭐든지 작고 귀여운 그녀. 내 눈엔 여리게만 보이는 그녀를 지켜주고 싶다는 수줍은 생각에 조심스레 말을 건네던 일이 엊그제의 일만 같다.

나는 음악 활동을 하며, 음악학원에서 강사 일을 한다.

그런 내게 그녀가 여린 풀잎 같은 모습으로 나타난 건, 푸른 봄의 향기들이 다가올 즈음이었다. 작은 꽃들이 피어나고, 꽃잎들이 봄바람의 향기에 취해 흰 눈처럼 날리던 몇 달 전, 봄의 아름다움에 넋을 잃어가던 어느 날이었다.

춘곤증에 잠시 시들해져 있던 지루한 어느 봄날 오후.

아마 두시쯤이었나? 초롱초롱한 눈과 고운 피부의 작고 꽤 귀여운 모습을 간직한 그녀가, 늘어진 하품을 하는 내 우스꽝스런 모습앞으로 수줍게 다가왔다.

"저기요, 상담 좀 하려고 왔는데요……."

동그란 눈으로 조금은 긴장한 모습을 보이던 그녀가 내게 처음으로 건네던 말이었다.

그날 이후 그녀는 나의 수강생이 되었다.

그런 그녀가 첫 만남부터 내게 어떤 의미로 다가올 거란 막연한 느낌으로 자리했던 건 왜였을까?

음악 강사와 수강생이라는 타이틀로 서로의 얼굴을 익히게 되었지만, 나도 모르게 미묘한 두근거림이 일기 시작했다. 운명이란, 인연이란, 또 사랑이란…… 봄바람처럼 부드럽게, 그리고 살랑이며, 그렇게 다가오는 것인가 보다.

한 번, 두 번, 세 번, 네 번……. 한 번이란 숫자를 더할 때마다 그녀의 모습은 감은 눈 속에서도 아지랑이처럼 피어오르기 시작했다. 누군가 말했던 인연이라는 황홀한 만남이 다가왔음을 가슴이 직감했기 때문이었을지도 모른다.

"성인반 회식이 있는데, 저녁에 밥 한 끼 같이 합시다!"

무슨 말로 그녀와의 만남을 이어갈지 어렵게 어렵게 고민했지만, 내 입에서 나온 그녀와의 첫 데이트 약속은 멋대가리 없는 회식자리 저녁 약속의 말이었을 뿐이다. 좀 후회스러운 정말 멋없는 약속!

남자인 나지만 고백이 부끄러웠던 난, 함께하는 친 형 같은 학원 장님과 강사님들을 이유삼아 몇 번의 함께할 이유 있는 편안한 저녁 약속을 하게 되었고, 어느덧 주변 사람들은 그녀와 나를 이어주는 끈 같은 작용을 하게 되었다.

"근데 두 사람, 김선생 그리고 하은씨, 은근히 모습도 성격도 잘 어울리는 것 같네."

'야호~!'

여러 가지 상황들이 나를 돕는 듯했다.

수줍게 시작한 나의 사랑은 주변에서 마저 엮어주는 자연스러움 속에 다가왔다.

하은이 내 여자. 분명한 내 여자다. 그녀의 모습이 아른거리는 지금 이 시간에도, 난 심장이 두근거린다.

그녀와 나의 예쁜 사랑이 설레기 때문에 스마트폰 속에 예쁘게 저장되어 있는 소중함들, '하은이랑 규이랑'이라 저장한 내 설렘의 사진들, 잠들기 전에 한참을 바라보게 되는 고운 추억들— 변치 않을 설렘을 간직하며 영원히 간직하련다.

덥고 습하고 지리한 장맛비 속에서도 내 가슴에 봄바람처럼 싱그러움이 이는 건, 봄날 피어나는 아름다운 꽃의 향기가 머무는 건, 하은이랑 나와의 소중한 사랑이 머물기 때문인가 보다.

'예쁘고 고운 꿈, 그리고 내 꿈으로 가득한 잠자야 돼. 내 하은아, 사랑해!'

그녀에게 보내는 사랑의 문자를 마지막으로 하루를 마무리하는 행복한 잠자리에 들려한다.

‘오빠, 나도 사랑해!’

사랑스런 그녀의 문자가 또 한 번 포근한 미소를, 따뜻한 미소를 만들어 버린다.

인연이란, 운명이란, 사랑이란…….
보드란 봄바람처럼, 슬그머니 보이지 않게 마음을 훔치는
아름다운 도둑으로 다가온다.

하은이랑 규이랑,
두 번째 이야기 — 규이랑

내 나이 스물여섯. 누군가는 간혹 열여덟 고딩으로 보기도 한다.

아무리 어려보이는 것도 좋지만, 난 내 나이가 좋다. 가슴 속에 청춘의 불꽃같은 열정이 숨어 있는 아직은 멋진 내 나이가 좋다. 가끔 봄바람에 살랑이는 설레는 마음이 뭔가 좋은 일이 일어날 것만 같은 예감이다.

부스스 뒤늦게 눈 뜬 아침. 아니, 정확히 말하자면 아침인지 점심인지 모를 한 끼니로 든든함을 채웠다. 늦은 하루의 시작에 바빠지기 시작한 난, 분주히 머리를 감고, 빠르게 화장을 하고, 헐렁한 청바지에 티셔츠로 나를 만든 후, 이유 있는 외출에 나섰다.

언제부터 벼르고 벼르던, 배우고 싶었던 멋진 악기가 하나 있었다. 마침 집 주변에 그럴싸한 학원이 하나 멋지게 들어섰다. 강사진도 현직 음악활동 하시는 분들이고, 꽤나 유명한 분들도 있는 듯하다. 외출 전, 한 번 더 전신거울을 바라보고 이리저리 내 모습을 훑어본다.

좀 덜렁이 같은 내 모습이지만, 입가에 힘주어 미소를 지어본다.

'이만하면, 그래도!'

"흠~!"

조금은 어색한 분위기를 이겨보려 다짐하는 짧은 기압으로 목소리를 가다듬었다.

빼꼼히 열고 들어간 학원의 입구. 나도 모르는 작은 웃음이 터진다. 양팔에 피곤함의 기운을 가득 실어, 늘어지게 하품하는 한 남자가 참지 못할 웃음을 선물하고 있었기 때문이었다.

터질 것만 같았던 웃음을 참아보려 했지만, 참기 힘든 웃음을, 결국 두 손으로 막고도 터뜨려 버렸다.

그 모습은 결국 내가 사랑하게 된 그 남자의 첫 모습으로 기억하게 된 추억이 되어 버리고 말았지만 말이다.

학원장님과의 짧은 상담을 마치고 난 후 실력 있고 멋진 강사님이라고 소개받은 그 사람. 어라? 조금 전에 늘어지게 하품하던 그 남자, 아니 지금의 내 사랑하는 남자였다.

첫 대면의 우스꽝스런 모습은 사라지고, 흰 피부에 고급스런 와인이 떠오르는 그 남자의 모습에 그만 살짝 마음의 흔들림이 생겨 버리고 말았다.

일주일에 두 번의 수업. 이상한 건 두 번 하는 수업에서의 짧은 시간이 언제부터인지 기다려지기 시작했고, 가슴은 설렘으로 뛰기 시작했다. 나에게 찾아온 봄바람의 부드러운 설렘처럼, 아리송한 마음이 일기 시작한다.

'먼저 말을 걸어볼까? 아니다. 먼저 말 걸면 좀 우스워 보일지도 몰라. 이런 내 마음을 어떻게 전하지……?'

부끄러운 고백이 되지는 않을까 하는 수줍은 마음은 점차 커져만 갔다.

"성인반 회식이 있는데, 저녁에 밥 한 끼 같이 합시다!"

'야~호~!'

물론 개인적인 데이트 자리는 아니었지만, 그래도 행복한 말 한 마디를 건네 온다. 바로 그 남자가 말이다.

내 남자 규이와의 만남은 이렇게 자연스럽게 시작되었다. 몇 번의 단체 만남 속에 자연스레 연결된 하은이랑 규이의 작은 사랑은 이렇게 시작되었다.

어둠이 짙은 시각 빗방울 소리가 커다란 창문 유리를 두드리며 내리고 있다. 빗소리가 아름다운 악기의 음률처럼 리듬으로 다가온다.

그리운 사람— 내 남자가 보고 싶어 잠들기 전 핸드폰을 열어본다. 내 얼굴만 엄청 크게 나온 사진. 사실 내 얼굴 별로 크지 않은데……. 그리고 행복한 웃음이 가득한 사진, 찌그러진 텐트에서 잔뜩 찡그린 사진, 내 볼살을 얄밉게 꼬집던 장난스런 모습의 사진, 한쪽 볼에 부드러운 입맞춤을 하는 사진까지……. 온통 그 남자랑 함께한 사진들뿐이지만, 행복이 가득한 '하은이랑 규이랑' 폴더속

의 사진들은 아직도 가슴 설레는 추억처럼 포근한 미소를 만들어버
린다.

'예쁘고 고운 꿈, 그리고 내 꿈으로 가득한 잠자야 돼. 내 하은
아, 사랑해!'

지금 막 도착한 그 남자의 반가운 문자.

나는 오늘도 행복한 꿈속의 주인공이 될 수 있을 것 같다.

'오빠, 나도 사랑해!'

S. CODE E-3

사랑이란 예고 없이 불어오는 보드란 바람과 같은 것.
불어오는 시작점도 알 수 없고, 불어가는 방향점도 알 수 없다.

선물

잘 보이지도 않는 작은 홈을 예리한 바늘로 두 번, 사선으로 겹쳐 뜨면 한 개의 십자수가 놓아진다.

한 땀, 한 땀 수없이 반복하는 과정에서 작던 크던 하나의 작품이 완성된다. 시간과 정성의 작품으로.

간혹 십자수 놓는 여인들의 모습을 보고는 했었다. 덜렁거리기를 밥 먹듯 하는 가영이가 인내로 놓아야 하는 십자수를 한 땀, 한 땀 놓게 될 줄이야. 상상이 안 가는 그녀 모습에 자꾸만 웃음이 난다.

머지않아 돌아오는 가영이 남자친구의 생일. 새해 달력이 나오자마자 달력에 핑크빛 하트와 더불어 체크해 두었던 가영의 왕자병 남친 생일이 돌아오고 있었다.

문득 떠오르는 선물거리들은 쉽게 떠올릴 수 있는 향수, 지갑, 화장품. 일반적인 생일선물 삼종세트였다.

지난해 생일 변변찮은 준비로 좀 미안했던 기억이 떠오른 가영은 이번 생일엔 뭔가 정성으로 기억에 남을만한 선물을 하고픈 생

각이 들었지만, 머리를 아무리 쥐어짜도 떠오르는 화끈한 선물이
없었다.

'감동을 줄 수 있는 선물은 없을까?'

도대체 떠오르질 않는다. 평소 잘난 척 대마왕에 왕자병은 유단
자이고, 여자마음 울리기 천단쯤 되는 남친이었지만, 그녀에게만
큼은 진심을 다하는 남자라 생각하기에, 가끔씩 가슴앓이 시키는
그 남자를 사랑하는, 조금 아니 너무 많이 바보 같은 철딱서니 가
영이다. 그런 나쁜 남자 기질이 있는, 아니 그녀의 왕국에서 군림
하는 왕이 되어있는, 그 남자의 생일 선물에 무얼 할지 고민에 빠
진 가영.

'감동을 주는 생일선물'

인터넷으로 검색을 해보았지만, 인터넷에 떠오르는 문구들은 요
즘 중·고딩 어린 꼬마 커플들이 좋아할 내용의 글귀들뿐이다.

장문의 편지글이나, 현금이 가져다주는 고가의 선물, 그렇지 않
으면 그녀의 '불편한 진실' 같은 능력으론 도무지 안 되는 것들뿐이
었다.

보름 전쯤의 일이란다.

가영은 집근처 상가건물에 네 평 남짓 조그만 십자수 가게 앞을
지나게 되었다. 매일처럼 지나는 길목에 위치한 가게, 평소 무심하
게 지나쳤던 그 가게였지만, 유난히 그날따라 가영의 눈에 들어온
오밀조밀 작은 십자수 가게였다.

아담하고 귀여운 가게에 진열된 귀여운 십자수 작품들에 눈이
갔고, 기웃거리기를 몇 차례 하던 가영은 결국 조심스레 문을 열
었다.

"저기요. 혹시 십자수 가르쳐 주시나요?"

"그럼요. 재료 구입하시면 가르쳐 드려요. 별로 어렵지 않아요."

친절한 미소를 띤 푸근한 풍채의 아주머니는 상냥한 말씨로 그녀
의 마음을 편안히 해주는 분이었다.

순간, 시간도 없고, 자신도 없고 혹시 '주문제작 해준다면 좋겠다'
라는 얄팍한 생각이 든 가영은 머리를 두어 번 긁적거리며 물었다.

"혹시 맘에 드는 재료 골라 주문하면요…… 그대로 해주시기도
하나요?"

"주문제작은 못해드려요. 작은 작품이라도 시간이 너무 많이 걸
리고요. 저도 아이 키우고 살림도 하고 하다 보니 방법만 일러 드
린답니다. 어쩌죠? 아마도 쉽게 배우실 수 있을 거예요. 어렵지 않
으니까요, 한번 해봐요."

그럴 줄 알았다. 창피하게 괜히 물었다는 생각을 해보지만, 이
미 나간 말은 주워 담을 수도 없고, 이참에 한번 배워나 봐야 할까
보다.

가영은 그날부터 남친에게 시간과 정성을 선물할 계획을 세운다.
맘에 드는 도안을 떠내고, 적합한 색감의 실을 고르고, 어색한 바
느질에 수십 번 손을 찔리기도 하고, 잘못 맞춘 실 색깔 때문에 풀

렀다 다시 놓기를 반복하며, 여러 번의 실수를 거치고 거쳐 만들어
낸 시간과 정성의 선물. 세상에서 단 하나뿐인 선물을 만들고는 뿌
듯함에 가슴이 설레어왔다. 완성된 선물은 그 남자의 전화번호가
들어간 조그만 차량용 소품과 조그만 머니클리퍼였다.

열흘 남짓 하루에 두어 시간씩 졸린 눈 비비며 만들어낸 그것들
엔 그녀의 정성어린 손때가 가득 묻어 있었다.

앞으로 이틀 후면 전해질 선물, 가끔 가영을 가슴앓이 시키던 그
얄미운 왕자병 남친에게 전해질 선물 포장을 마무리하며, 새벽까
지 밝혀 놓았던 그녀의 작은 공간 형광등 스위치를 껐다.

어둠속에서 두 눈이 스르륵 감기기전—

"혹시 실망이라도 하면 어떡하지?"

걱정스런 마음마저 품어가며 잠이 드는 가영이다.

선물이란 마음과 정성이 담기면 그 어떤 선물이라도
단 하나의 가치로 존재할 수밖에 없다.

액땜이라 하기엔

습하고 후덥지근한 공기가 사람을 지치게 만드는 날씨.

민정엄마는 더운 줄도 모르고, 지치는 줄도 모르고 열심히 발품을 판다.

결혼 7년 만에 장만하는 내 집에 대한 기대감에 한껏 가슴이 벅찬 나머지, 힘이 드는 두 다리지만 즐거움의 에너지가 넘친다. 금방이라도 폭우가 쏟아질 듯 하늘은 검은 구름을 만들어 가고 있었지만, 마음만큼은 맑고 파란 가을 하늘의 청량감이 감돈다.

서너 군데 부동산 사무실을 돌고 돌아 드디어 아담하고 예쁜 신축 분양빌라를 하나 마음(맘)에 담았다.

방 세 칸에 예쁜 거실 주변은 초록으로 물들어 전원주택 분위기를 자아냈고, 얼마 후면 초등학교에 입학할 아이의 학교도 가까운 곳에 있었으니, 아이들을 위한 단지 내 놀이터도 소담스럽게 꾸며져 있는, 요 이쁜 빌라가 더할 나위 없이 민정엄마에게는 안성맞춤의 집이었다.

아이를 위한 예쁜 방을 만들어 주고, 테라스엔 화분으로 가득 메워 꾸며낼 내 집을 생각하니, 하루 종일 콧노래를 부를 만큼 기분이 좋아졌다.

"어제 보았던 집 계약하고 싶은데요. 근데…… 저 좀 도와주시면 안 될까요? 사실 전세보증금 빼고 나머지는 입주융자 받아 구입해야 하는데요. 자금이 좀 부족해요."

이런저런 핑계를 이유삼아 부동산 취득세 정도를 깎아낸 후 계약 마무리를 하고, 신이 난 민정엄마는 그날부터 새로 입주할 집에 대한 설레는 그리움으로 잠을 이룰 수 없었다.

7년 묵은 낡은 가구도 바꾸고, 오래되어 꼬질꼬질한 그릇들도 하나 둘 바꾸고, 예쁜 거실에 어울릴만한 분위기 있는 소파도 새로 장만하고, 은은한 빛깔 거실 조명등도 사고 싶은 마음에 이것저것 메모를 시작했다. 앞으로 한 달 열흘 후면 들어갈 내 집을 예쁘게 가꾸어 줄 소품들과 가구들을 생각하며…….

흐르지 않을 것만 같았던 시간들은 어김없이 한 달 열흘을 흘려보냈다.

새벽녘부터 분주히 이삿짐을 싸고 입주융자를 받기 위해 서둘러 은행갈 준비를 하고…… 알 순 없지만 쿵쿵 미묘하게 뛰어대는 가슴을 누른 채 부동산 사무실로 향했다.

건축주와의 대면, 그리고…….

"민정엄마, 민정엄마! 혹시 차에 돈 둔 거 있니?"

불안하고 거친 목소리로 부르는 남편의 목소리에 다급하게 밖으로 나간 민정엄마는 깨진 차창을 바라보며 얼굴이 새하얗게 굳어진다. 그리고는 땅바닥을 향해 그녀의 힘없는 몸을 던져버리고 만다.

부모님께 빌렸던 현금.

오랜 동안 이자도 못 드렸던 미안하고 죄송한 현금을 집 담보 대출로 갚고자, 잔금을 제외하고 조금 무리하게 대출을 받았었다. 잔금과 새 가구를 사들인 비용을 제외한 부모님께 죄송한 마음으로 드려야할 4천만 원이란 돈을 방석 밑으로 숨겨놓고는 차문을 단단히 잠갔다.

'설마 별일은 없겠지. 금방 나올 건데⋯⋯.'

아무 생각 없이 잔금을 하던 도중 순식간에 도난 사고를 당한 것이다.

깨어진 차창의 유리 파편들이 이리저리 민정엄마의 무너진 마음처럼 흩어져 있었다.

경찰들이 나서고, 주변의 흔적들을 조사하고, 이미 일어난 도난 사고를 수습하려 나서지만, 어수선하고 어지럽혀진 사고현장은 정신이 가물가물한 그녀의 마음을 고통스럽게 만들뿐이었다.

"계획적인 도난인 것 같습니다. 미리 파손도구를 준비한 것도 그렇고 현금이 오가는 잔금시간도 알고 있는 사람인 것 같고요. 주변인 중에 오늘 입주하신다거나 잔금시간을 알고 계신 분일 거란 추측이 듭니다. 그렇지 않다면 은행에서부터 미행해 온 현금털이범

이든지요."

굵은 빗방울이 떨어진다. 민정엄마의 마음에 무겁게 다가서는 굵은 빗방울이 거침없이 떨어진다. 무너져가는 듯한 검은 먹구름이 그녀의 가슴을 무겁게 짓누른다.

새집으로 이사 가던 첫날— 잃어버린 현금이 액땜이라 하기엔 너무도 버겁기만 한 민정엄마다.

나쁜 일이 일어나면, 흔히들 액땜이라 말하지만,
액땜이라 하기엔 너무 고통스러움으로 다가오는 일들도 많다.
그럴 때에는, 죽음 앞에 선 두려움의 고통보다는 미약한
고난이라 생각하는 방법만이 유일한 위로가 될 것이다.

간혹 얘기치 못한 소란스러움 속에서도 평생을 이어갈 만남이 존재하기도 한다

찬혁의 리듬인생은 청춘의 전부였다 해도 과한 이야기가 아니다.

사춘기를 앓던 어린 시절 무언가에 미칠 수 없었다면, 그는 아마도 아직도 열정이 가슴으로 스며들 무언가를 찾아 헤매고 있었을지도 모르겠다.

간혹 한 번씩 접하던 두드림. 그 묘한 리듬에, 가슴이 빠른 심장 박동수를 세게끔 만드는 매력을 발견한다. 그의 리듬 인생은 그때부터였다.

학교 동아리 활동으로 처음 잡아본 작은북의 스틱이, 복잡하고 현란한 소리로 아름다운 심장의 리듬을 만드는 드럼의 스틱까지 잡아버리게 만들었다. 그때부터 시작된 찬혁의 인생은 바로 드럼이다.

오로지 그에게 뛰는 심장을 가져다주는 건 드럼! 그 아름다운 악기 하나뿐이었다.

찬혁의 나이 서른이 무르익던 꼭 열두 달 전쯤의 일이다.

음악을 연주하고 즐기는 사람들은 많다. 프로페셔널한 연주가도 있고, 단지 취미삼아 하는 이들도 있고…… 찬혁에게 음악은 열정이고 가슴이었다.

밴드를 만들었다. 그만의 음악에 심취할 수 있는 밴드를 만들었다. 허스키 보이스의 보컬과 화려한 전자음을 만드는 일렉트릭 기타리스트, 아름다운 멜로디와 리듬을 자랑하는 피아니스트, 감미로움을 연주하는 어쿠스틱 기타리스트이자 작곡가, 그리고 찬혁.

그렇게 모인 멤버는 5인조 그룹밴드 'Wink'가 되었다. 음악을 사랑하고, 리듬을 즐기는 사람들과의 행복한 시간들은 찬혁을 차곡차곡 성숙한 음악인으로 만들어 갔다.

그들과 함께한 가늠할 수 없는 많은 시간들은, 그들을 친구보다 가족보다 더 끈끈한 자신의 몸과 같은 존재들로 만들기에 충분함으로 흘러갔다.

모처럼 쉬는 일요일.

휴일의 한가로움이 뭔가 지루함을 만들던 시간. TV를 켰다. 한가로움 속에 TV가 만들어내는 소음들은 자장가처럼 졸린 눈을 만들고 있었다.

몇 편의 눈요기 광고들이 지나가고—

"K탑 밴드에 도전할 패기 있는 밴드를 기다립니다. 음악을 사랑하는 밴드, 음악의 열정으로 뛰는 심장을 간직한 밴드들은 K탑 밴드로 지금 바로 도전하십시오"

밴드를 사랑하고 음악을 사랑하는 사람들의 잔치 같은 공개 배틀 프로그램이었다. 중요한 건 상금도 일억이나 되는……. 밴드 배틀 방송 프로그램은 신선한 충격으로 다가왔다.

Wink 멤버들과의 상의가 끝나고—

예선 일차.

연주 영상 제출을 위해 멤버들이 모였다.

"형~! 베이스기타 어떻게 하죠?"

장거리 이사로 멀어져간 베이스 기타리스트가 문제가 되었다. 여러 가지 음률의 색깔이 조화를 이루어야 하는 밴드에선 저음의 묵직함으로 잡아주는 베이스의 음률은 없어선 안 될 만큼 중요하다. 물론 조화 속에 없어선 안 되는 리듬은 다른 악기들도 마찬가지지만 말이다.

"저요, 어제 연락받은 베이스인데요."

살짝 사투리풍 억양으로 조금은 묵직한 체구에 조용한 목소리로 인사를 하는 한 친구. 때가 탄 듯 바랜 골반 청바지, 어떻게 읽어야 할지 고민에 빠지게 만드는 외국어 나부랭이와 함께 호러 그림이 그려진 헐렁한 티셔츠가 털털함을 대변하듯 그의 몸을 치장하고 있었다.

얼마 남지 않은, 아니 너무도 부족한 시간.

예선에서 탈락이 될지도 모르지만, 1차 예선 제출 영상 제작이 시급하다. 오디션이랄 것도 없지만, 그의 연주 실력은 조금 궁금했다.

소름이 돋는다는 건 이런 것일 것이다.

현 하나를 끌어당기던 묵직한 그의 손가락은 전율을 만들어 낸
다. 드럼의 전율에 반했던 그 느낌으로 찬혁에게 다가온다. 정신없
는 준비의 소란스러움 속에서 찬혁은 새로운 인연이 다가옴을 순간
적으로 감지할 수 있었다.

새로운 멤버의 흡수와 함께하게 된 찬혁의 K탑 밴드 배틀 이야
기. 2천여 팀이 참가한 대규모 배틀에서 조급함과 소란스러움, 숨
죽일 듯 타들어가는 기다림, 연주하는 즐거움, 1차, 2차, 3차를 넘
기는 배틀 속의 긴장감 등의 여러 가지 감동과 추억을 남기고, 126
위라는 순위를 끝으로 그들의 이야기는 마감되었다. 남들이 뭐라
하건 그들에겐 최선의 배틀이었다.

많은 밴드 음악인들을 만나게 된 계기가 되기도 했고, 음악이란
존재가 찬혁에게는 떼어낼 수 없는, 숨 쉬는 동안엔 함께해야 할
존재임도 다시금 느낄 수 있었던 소중한 시간의 흐름을 만들어 주
기도 했다. 그리고 영원히 끝도 없는 음악 세상 속에서 소중한 추
억거리로, 삶 속의 한 장면을 멋진 인생의 그림으로 더하게 되는,
찬혁의 소중한 이야기 한편으로 간직되었다.

참! 중요한 건, 찬혁에겐 음악만큼 소중한 한 친구가 생겼다는 것
이다. 묵직함으로 조용하게 소리 소문 없이 연습실 문을 열고 들어
왔던 그 친구. 나이는 한참이나 어리지만, 기타 줄 하나를 튕겨내
며 찬혁에게 또 다른 전율을 선물하던 그 친구. 지금 당장이라도

찬혁의 가슴으로, 언제까지나 함께할 수 있을 거라고, 바른 소리로 말할 수 있는 친구.

습한 더위가 짜증을 불러내고 쉼 없이 내리는 빗줄기가 부담스럽기만 한 계절이지만, 생각하면 시원함과 청량감으로 다가와주는 소중한 친구가 곁에 있어 행복한 삶을 예감한다.

간혹은 얘기치 못한 소란스러움 속에서도 평생을 이어갈 만남이 존재하기도 한다.

간혹은 얘기치 못한 소란스러움 속에서도 평생을 이어갈 만남이 존재하기도 한다.

도전하는 그대는 누가 뭐래도
진정 멋진 사람이다

번지점프.

45m 높이쯤에서 두려움을 떨치는 극기 훈련이나 짜릿한 흥분의 맛을 느끼려고 정말 겁 없는 사람들이 놀이로 하는 번지점프. 그 어마어마한 높이에 서면 무섭고 두려움에 아찔함으로 다가서는 건 말할 필요도 없다.

뉴질랜드 타우포 호수에 있는 번지 점프대. 40m의 위치에서도 떨칠 수 없는 두려움이건만, 그곳의 번지점프대는 47m 높이. 강한 떨림을 느끼기에 충분한 높이에 있다. 다리가 후들거릴 정도로, 발 끝에 온 힘을 집중시켜야 할 만큼 아찔한 47m의 높이.

번지점프대에 올라가는 발걸음, 처음엔 설레는 흥분으로 다가오기만 한다. 호기심에 해보겠다던 일이었지만, 왠지 한 걸음, 한 걸음 높은 곳을 향하던 마음속엔 두려움과 후회스러움만 가득히 쌓여간다.

높은 곳에서 낮은 곳 끝자락의 푸른 호수를 바라보는 마음은 뻥

뚫린 후련함 그 자체!

처음엔 그렇다. 자연이 주는 경이로움에 홀려 아무런 생각이 없다. 번지점프대의 고도에서 바라본 자연의 얼굴. 아름다움의 깊이가 있다면 아마도 이 정도의 깊이일 거란 생각을 하게끔 한다.

깊게 홀렸던 아름다움은 어디론가 사라지고, 안정장치를 도와주는 안전요원의 손놀림과 함께 두려움이 시작된다. 뛰어내려야만 하는 그 끝에 서기가 점점 무서움으로 다가오기만 한다.

두 눈을 가려버린대도, 미리 보았던 아찔한 높이가 영상으로 떠올라 뛰어 내리기가 힘겨워지고 만다. 내 온 몸을 감싼 안전장치가 있는데도 말이다. 안전장치가 몸을 보호한다는 사실은 까맣게 잊어버린 채, 심하게 후들거리는 두 다리엔 맥없는 힘이 풀려버린다. 번지점프대의 그 끝에서 뛰어내리기 위해선 많은 용기와 믿음이 필요하다. 거침없이 도전할 수 있는 용기, 그리고 안전할 거라는 믿음— 그것들이 필요하다.

두 눈을 꼭 감은 채, 용기 체험의 대가로 지불한 값비싼 현금이 아까워서 하는 도전. 밀어내는 안전요원의 힘에 의해 끝이 없을 것만 같은 호수 중심을 향해 몸을 던진다. 지구 중심의 자성에 이끌리듯 빠른 속도로 호수로 빨려 들어가는 위기감과 늘어났다 줄어드는 고무성질의 안전장치에 의해 다시금 거꾸로 하늘 향해 빨려들어가는 아찔한 느낌, 내 의지와 상관없는 움직임이 몇 번의 짜릿함과 흥분, 두려움으로 다가서지만, 점차 약해지는 탄력들이 안도의 한

숨을 만들어 낸다. 땅의 자성과 하늘로 날아오르는 두려움의 반복
은 서서히 안정을 찾아가며 끝이 난다.

안전장치.

살아감의 안전장치는 열정이라는 생각이 든다.

무언가를 시작하려 할 때, 성공한 자신을 멋지게 상상하며 스스로
의 모습에 홀려버린다. 노력의 과정이 버티고 있음을 가끔 잊어버린
채……. 그저 그 끝에 서 있는 아름다움만을 상상하기도 한다.

그렇다 할지라도 지금 서있는 자신의 위치를 두려워할 필요도,
초조해 할 필요도 없다. 내 안에 머무는 용기와 믿음의 열정이 새
로운 도전의 안전장치로 다가설 테니 말이다. 도전하는 용기와 믿
음에 스스로를 위한 안전장치로 열정이란 노력이 지키고 있음을 믿
는다면, 한 번 아니 두 번, 세 번, 네 번— 수없이 반복하더라도 도
전해 봐라. 아름다운 그 끝에 선 자신의 모습 그대로를 상상하며,
그 모습대로 만들어 가보자. 해봐라. 그리 된다.

번지점프대 위, 뛰어내려야 할 그 끝자락 같은 삶의 도전점에 서
있을지도 모르는 나와 그대들. 도전하는 그대는 진정 멋진 사람이
다. 때로는 무모한 도전이라 생각될지라도, 도전하고자 하는 그대
는 진정 멋진 사람이다.

용기와 믿음이 그대를 지키고 있음을 알아가는 그대는 진정 멋진
사람이다. 또한, 열정이 더해진 안전장치를 만들어 가고 있는 그대
라면 진정 더욱 더 멋진 사람이다.

도전하는 그대는 누가 뭐래도 진정 멋진 사람이다.

간혹, 무모한 도전일지라도 도전하는 그대는 누가 뭐라 해도 진정 멋진 사람이다.

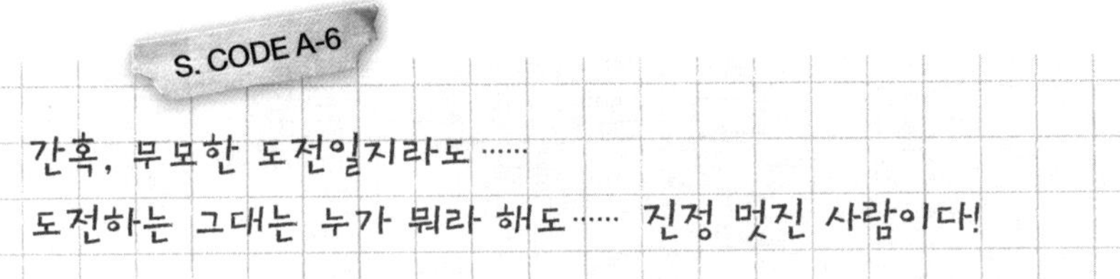

반성문

발가락 사이로 붓을 움켜쥐고 혼을 담아 아름다운 그림을 그리는 화가, 입에 문 기다란 스틱으로 컴퓨터 자판기를 두드리며 고운 글을 써 내려가는 작가, 휠체어를 탄 채로 고된 스포츠를 즐기며 자신을 이겨내는 강인한 의지의 사람들, 눈이 보이지 않지만 아름다운 목소리로 노래를 하는 가수, 들리지 않지만 몸으로 느끼는 진동으로 정렬적인 춤을 추는 아름다운 무용가.

아마도 누구나 한번쯤 보고 듣고 그들의 피나는 땀방울에 기립박수를 보내고, 눈시울이 붉어져오고, 가슴에 감동이란 귀한 느낌을 받았던 적이 한번쯤은 있었을 듯싶다. 감동의 모습을 바라보며 공통적으로 느낄 수 있었던 느낌은 나 자신에 대한 부끄러움이었을 것이다. 나 스스로에게 몇 가지 질문을 던져본다.

커다란 육체의 고통을 안고 살면서도 최고의 자신을 만들기 위해 피땀을 흘려온 그들의 노력에 반의반쯤의 흉내라도 내어보고 있는 나인지, 최소한 신의 축복으로 건장한 몸을 타고 났지만, 아름답게 사용해야 할 육체를 나태함과 게으름으로 만들고 있는 나는 아닌지…… 반성과 함께 스스로에게 질문해 본다.

아무래도 난 주어진 행복을, 노력으로 일구어낸 남과 비교하며, 노력하지 않는 나를 바라보지 못한 채, 나보다 앞서 이루어낸 사람들을 시기의 대상으로 바라보았던 건 아닌지 모르겠다.

엇나간 생각들이 만들어낸 부정의 늪에 나를 가두고 힘겨워했던 모습이었는지도 모른다.

다시금 나를 돌아보건대 항상 난 행복한 사람이었다. 단지, 게으름과 나태함이 더 밝은 미래를 볼 수 없게끔 내 눈을 가리고 있었던 것뿐이다. 그로 인해 나 자신을 바로 볼 수 없었던 것이다.

나의 밝은 미래! 앞서 말한 힘겨움 속에서 피땀의 노력으로 만들어낸 자리에 앉은 이들에 비해 노력과 열정이 적었을 뿐. 나의 자리는 늘 행복함이 머무르고 있었음을 잠시 잊었을 뿐. 최소한의 해야 할 일들을 잊었을 뿐.

언제고 지금 보다 더 나은 사람이 될 수 있다. 누군가 운명이라 말하는 틀에 박힌 상황을 이겨내고, 인내와 하고자 하는 노력, 그리고 긍정을 부르는 밝음을 더한다면, 나의 미래는 보다 밝고 행복하지 않을까. 이루고자 한다면 이루어 낼 수 있는 나임을 잊지 말자.

나의 게으름과 나태함이 부끄럽기만 한 어느 날
살아감의 반성문

가을 편지

아름다운 그대에게.

사람을 '아름답다' 생각해 본 적이 나이 어린 시절엔 없었답니다. 사람이 마음을 움직인다고 생각해 본 적이 어린 시절엔 없었답니다. 세월을 한 해 두 해 지나치며, 처음으로 나를 사랑으로 길러주신, 어느 샌가 주름이 한 가득 해져버리신, 내 어머니가 정말 진심으로 아름답게 느껴졌답니다.

어느 날 바라본 내 어머니 뒷모습에 그만 울컥 눈물이 맺혀 버리고 말더군요. 그리고는 진한 아름다움이란 단어를 가슴에 새기게 됐답니다. 내가 처음 가슴으로 아름답다 생각한 사람이었지요. 지금도 생각만 해도 가슴이 뭉클해오는, 그런 사람 말입니다.

그 후로 내 눈엔 감동을 주는 아름다운 사람들의 모습들이 하나하나 보이기 시작했답니다. 눈시울을 적시게 만드는 감동의 모습들을 하나하나 바라보게 되었죠.

세상에는 눈을 찌푸리게 만드는 모습으로 살아가는 사람들도 많고요, 분노를 불러오는 행동들을 하며 살아가는 사람들도 정말 많더군요.

그렇지만요—

가급적이면, 아름다운 사람들을 바라보고 그들처럼 아름다움을 만들며 살아가고 싶은 마음이 자라나더랍니다. 그들이 가진 아름다움이 내 것이 아님을 알기에 나만의 아름다움을 만들고 싶었답니다.

혹시나 나를 바라보는 사람들이 최소한 눈을 찌푸리게 하고 싶지는 않았으니까요.

아름다운 사람.

내가 알고 있는 아름다움으로 보이는 사람. 늘 자신감에 가득 찬 아름다움을 가진 사람. 오랜 기간 자신의 의지와 싸워왔던 사람. 자신의 꿈을 이루고 있는 성취의 모습을 보이고 있는 사람…… 남을 생각하는 배려의 모습이 가득하지만 자만심보단 겸손함으로 스스로를 낮추는 사람. 주어진 책임감이 무거워도 결코 내려놓지 않는 강인하고 멋진 모습으로 살아가는 사람.

그런 그대가 내내 나의 마음속에 가까이 바라보이는 아름다운 감동으로 다가왔습니다.

아름다운 그대 모습을 소중히 생각하며 감동의 마음을 키웁니다. 아름다운 그대를 바라보며 나 스스로를 더욱 가꾸어 갈 거란 다짐을 하게 됩니다. 아름다운 그대를 배워갑니다. 아름다움이 온 몸에 배어 그득하게 풍겨오는 그대의 향기를 배워갑니다.

그대의 거만하지 않은 멋진 자신감!

언제나 내면의 강인함이 멋진 모습으로 드러나는 당당함!

그리고 가득한 사랑의 마음을 나누는 포근함!

그런 그대를 배워갑니다.

한가위 하루 전 날이랍니다. 그대의 아름다움처럼 고운 달님이 떠올랐답니다. 내일이면 가장 너그러운 아름다운 풍요의 달님이 떠오르겠죠?

가득하게 차오른 달님을 바라보며, 아름다운 사람이 되어 보려 노력하는 내가 될 수 있도록, 도움을 주십사 나를 위한 기도를 하겠죠.

그리고—

아름다운 그대를 위한 응원의 기도를 하렵니다.

그대의 남아 있는 인생의 여정 속에 간혹 힘듦이 찾아온다고 해도, 그대의 자신감과 당당함, 사랑이 가득한 마음으로 멋지게 이겨 낼 수 있는 힘이 그대 곁을 지키게 해 달라 기도를 하렵니다.

ps. 그대의 모든 근심덩어리는 달님이 모두 가져갈 거랍니다.

2013. 09. 18.
아름다운 생을 살아가고 있는 그대에게

그녀의 이름은 사랑의 보호모

중년은 분명 넘어선 듯한 한 여인이 공항 플랫폼에서 어딘가를 뚫어져라 응시하며 눈시울을 적시고 있다. 여인이 말없이 눈시울을 붉히는 이유를 알 순 없었지만 보는 이로 하여금 뭔지 모를 깊은 슬픔을 느끼게끔 하고 있다.

한참의 시간을 거슬러 그녀의 나이 삼십을 갓 넘긴 젊은 두 아이의 엄마 시절로 되돌아본다.

부슬부슬 시원치도 않은 비가, 이유 없이 가슴 저미게 만드는 우울함의 기운으로 내리고 있었다. 검회색 빛 하늘이 마음마저 더욱 묵직하게 만들고 있던 찰나, 초인종 소리가 몇 차례 울린다.

밖을 내다보았지만 인기척을 느낄 수 없었다.

어둑한 날씨. 김치 한 포기를 꺼내어 잘게 썰고 간단한 양념장으로 해결할 수 있는 김치전을 만들기 시작했다. 김치전 한 장이 노릇노릇하게 익어 갈 때마다 집안을 진동시키는 구수한 냄새는 살짝 우울해질 법한 기분을 상승시키고 있었다.

맛난 김치전 서너 장이 아이들 입에서 오물거려지는 것을 보는 여인은 작고 소소한 행복감마저 느낀다.

어디선가 갓난아기의 울음소리가 실낱같은 소리로 들려온다.

"웬 아기 울음소리지?"

가까운 곳으로부터 들려오는 소리임에는 분명해 보였지만, 아기 울음소리에 놀랄 이유는 없었다.

무심해지려 귓가에 울려오는 아기 울음소리를 접으려 하지만, 계속해서 들려오는 아기 울음소리에 신경이 쓰인다. 다시 한 번 밖을 내다보는 여인은 대문 밖으로 나선다.

여인의 집 앞.

분유 몇 통과 새로 끊어 온 천 기저귀 여러 장, 그리고 작고 앙증맞은 아기 옷 몇 벌과 자지러지게 울고 있는 아기가 가지런하게 놓여 있었다. 이제 갓 열흘이나 지났으려나?

"비도 오는데, 누가 어린아이를 이곳에…… 세상에나, 이를 어쩌누! 이를 어째…… ."

부슬거리며 내리는 비를 피해 여인은 아이를 안고 포근한 집으로 들어선다.

누구나 그랬을 것이다. 천사처럼 고운 아이를 바라보며 안타까운 마음을 갖겠지만 키울 수 없는 상황에 아이를 받아들이기 힘들을 것이다.

여인은 고민 끝에 아이를 홀트 아동복지센터라는 위탁기관에 맡

기기로 결심한다.

홀트 아동복지센터는 잘 알겠지만, 버려지거나 미아가 된 아이들을 국내 또는 외국으로 입양 절차를 거쳐 아이들에게 좋은 양부모를 만나게 해주는 일을 하는 정부기관이다.

어느 날 업둥이처럼 여인의 집 앞에 버려졌던 작은 아이로 인해 알게 된 보호기관.

여인은 홀트의 아이들을 보며 아려오는 모성의 감정을 갖게 되었고, 이를 계기로 입양 직전까지의 아이들을 보호하고 양육하는 자원봉사를 하게 되었다. 그리 맺어온 여리고 가여운 아가들과의 인연이 근 삼십 년 동안 백여 명을 넘어선다.

중년이 넘어 노년의 나이가 되도록 여인은 정든 아이 하나를 보낼 때마다 가슴이 아려온다.

공항 플랫폼에서 아이와 힘겨운 이별을 또다시 겪고 있는 여인은 눈물방울 콧물방울 범벅 시키며 울어대는 아가의 눈물이 내내 가슴에 비수처럼 박힌다.

부슬부슬 비가 내리는 하늘 아래, 또다시 가슴으로 낳은 아이와 이별을 하고 있지만, 여인은 아이가 행복하게 잘 자라기만을 기도하며 언젠가 다시 만날 후일을 기약한다.

올해로 삼십 년째 자원봉사 보호모를 하고 있는 여인. 삼십 년의 세월을 가슴으로 여리디 여리기만 한 천사들을 품고 있는 여인. 그녀의 아름다운 가슴엔 고운 빛으로 빚어낸 감동의 사랑이 가득하게 넘쳐나고 있다.

부슬부슬 내리는 비는 그녀의 사랑이 가슴에 녹아내리는, 조금은
아리고 슬프지만 아름다운 비가 되어 내리고 있다.

'할 수 있다'라고 말하는 순간,
위기는 기회가 된다

기업 홍보 마케팅의 전문가이자 기업인인 조서환은 말한다. 할 수 있다고 말하는 순간 위기는 기회가 된다고…….

과연 인생최고의 위기에서 기회를 만들 수 있는 사람이 몇이나 있는지는 모르겠다.

사업실패 이후 힘들어진 경제상황과 잡다한 힘든 사연을 이유로 부인과 아이들을 뒤로하고 가출한 한 중년 남자의 아픈 사연을 접하게 됐다. 그러나 내 눈엔 그저 동정으로 바라보아야 할 사람이 아닌 한심한 사람으로 보일 수밖에 없었다. 적어도 건장한 몸을 가지고 태어난 사람이었고, 무엇이든 할 수 있는 사람이었는데, 술 냄새와 담배 냄새에 찌든 노숙자처럼 살아가고 있는 남자가 어리석기만 하다는 생각이 들뿐이었다. 물론 살아감이 쉽지만은 않다는 건 알고 있지만 말이다.

마케팅의 신화라 불리는 조서환 기업인, 조서환 마케팅 전문가.

남들은 그가 가진 현재의 부와 명예와 업적이 부럽기만 할 것이다. 과연, 조서환이라는 현재의 거인에겐 힘겨운 일이란 없었을까. 이유 없이 타고난 운명이었기에 쉽사리 오를 수 있었던 자리였을까. 그 역시 죽음이란 단어를 입으로 마음으로 되뇔 정도로 힘겨운 역경의 상황이 있었을 것이다. 자신과의 힘겨운 싸움을 이겨내려 했던 기나긴 시간의 기억이 있었을 것이다.

그에겐 오른쪽 팔과 손이 없다. 젊은 시절 그는 군 사령부의 장군이 되리라는 꿈이 있었다. 꿈을 위해 군에 입대를 했고, 힘든 훈련과 함께 동행 하던 어느 날 훈련도중 폭파한 폭탄이 불행하게도 그의 몸을 덮쳤다. 그의 나이 스물 셋. 미래를 밝게 꿈꾸던 육군소위 시절에 일어난 일이었다. 사고 후 그는 오른쪽 팔을 잃었다.

젊고 무엇이든 해내려 도전하는 패기 넘쳐야 할 나이에 다가온 커다란 위기였지만, 그에게는 고민할 틈이란 존재하지 않았다. 오른 팔이 없는 불편함을 대신할 또 다른 길을 찾아야 했을 뿐.

사실상, 사회라는 커다란 무감정의 집단에서 한 손을 가진 그를 반가이 맞아주는 단체는 없었다. 그에겐 불편한 시련이었지만, 그것들이 그의 살아감의 열정마저 멈추게 할 수는 없었다. 불편한 몸을 대신할 머리와 가슴을 찾아내기 위해 대학 영문과에 새로이 진학을 했고, 피나는 노력 끝에 좋은 성적으로 졸업을 할 수 있었다.

그러나 너무도 냉정한 사회.

기업이란 이익집단에 수없이 이력서를 냈다. 그러나 그를 받아준 곳은 없었다. 분명한 그에게 닥친 시련이었다. 그렇더라도 시련에게 져야 할 이유가 그에겐 없었다. 커다란 사고가 있었던 그를 사랑으로 보듬어주고 늘 함께 해주었던 아내와 이른 결혼으로 낳은 두 딸아이를 위해서라도 시련에서 이겨야 할 이유가 충분했기 때문이다.

애경그룹. 대한민국 생필품은 거의 다 만드는 굴지의 기업이다. 그가 마지막으로 제출한 이력서의 기업이었다.

필기시험과 서류전형에서 합격한 그가 면접관 앞에 섰지만, 그곳의 면접관들 역시 그의 불편한 신체를 먼저 바라보았고, 다른 기업들과 마찬가지로 그에게 바로 퇴장을 요청했다.

면접장을 돌아서던 조서환은 울컥하게 밀려오는 억울함과 분노를 참아내기가 힘들었다.

분노의 힘을 실어 면접관을 향해 거침없이 뒤돌아섰다. 그리고는 외쳤다. 가슴에서 품어져 나오는 그의 말은 용기 가득하고, 간절함과 진정함을 실은 외침이었다.

"저는 오른손을 잃었지만, 나쁜 일을 하다가 잃은 것이 아닙니다. 나라를 위해 장교가 되기 위해 입대했고, 내 나라를 지킬 힘을 얻기 위해 훈련을 하다가 예측할 수 없는 사고로 손을 잃었습니다.

사람들이 두 손으로 하는 일을 저는 피나는 노력으로 왼손 하나로 합니다. 세상 일이 손으로만 하는 일밖에 없습니까? 가슴으로 하는 일도 얼마든지 있습니다. 저를 합격시켜 달라고 애원하지는 않겠습니다. 그러나 저와 같은 다른 사람이 찾아왔을 때 상처는 주지 마십시오."

터뜨린 가슴의 열변 뒤로 그를 불러서는 한 면접관이 있었다.

"지금까지 했던 이야기를 영어로 해보시겠어요?"

조서환. 그의 가슴이 토해낸 열변은 면접관을 감동시켰고, 그는 당당하게 애경그룹에 입사할 수 있었다.

말하지 않아도 그 다음 그가 간직한 시간들의 이야기는 느낌만으로도 충분히 알 수 있을 것이다. 불편한 신체를 이겨내기 위해 얼마만큼 열심히 살아왔을지, 또 얼마만큼의 피와 땀을 흘려왔을지…….

그는 애경의 랑데뷰, 투웨이, 하나로 등 많은 상품들을 히트메이커로 만들었으며, 그 유명한 KTF 통신사의 통신메이커 'Show, 쇼를 하라, 쇼 Show'를 대히트시키며 광고계의 신화를 불러일으킨 장본인이 되었다. 조서환, 그는 멈추지 않는다.

수많은 면접관 앞에서 가슴으로 외쳤던 용기의 기억이, 위기의 순간 다가왔던 뼈아픈 고통의 기억들이 그를 절대 멈추게 하지 않는다.

술 냄새와 담배 냄새에 찌든 불결한 냄새를 풍겨오는 남자.

그에게도 생각하는 머리가 없지 않을 것이고, 감동을 느낄 수 있는 가슴도 없지 않을 것이다. 최소한 온 몸의 건강함을 가지고 있다는 것쯤은 알고 있을 것이다. 남자에게 일어난 세월의 아픔이 고통스러웠겠지만, 이겨내는 것도 불행의 늪에 빠져 허우적대는 것도 본인 스스로 해내야 할 일이다.

'하늘이 무너져도 솟아날 구멍은 있다'라는 속담이 있다. 하늘이 무너지는 상황에서는 빛이 들어오는 구멍을 빨리 찾아내는 게 수다. 그 빛을 찾아내고 노력하는 과정이 열정이라는 생각이다. 아직은 겪어낼 많은 시간들을 가지고 있는 나를 바라본다. '하면 된다' 라는 다짐의 말과 '지금하자'라는 실천의 말, 능동의 말을 기억하자!

꿈만 꾸고 있는 그대라면, 한번 도전해 보자. 분명 된다.

세상은 한 자리에서 생각만 하는 그대를 위해 아무것도 내어 주지 않는다. 세상은 꿈을 향해 움직이는, 살아있는 그대를 위해 분명히 빛을 내어 줄 것이다.

'할 수 있다'라고 말하는 순간, 위기는 기회가 된다.

조 서 환

S. CODE U-7

해봐라 된다. 기회란 능동적으로 움직이는 살아있는 그대를 위해 주어지는 선물이다. 다짐만 하고 있는 그대라면 지금 당장 해봐라. 분명히 된다.

힘내시라고요

가진 것이 없어도 곁에 사람이 머물게 하고, 화려한 외모를 갖지 않았더라도 사람이 따르도록 만들고, 아무것도 볼 게 없더라도 사랑을 받도록 스스로를 만드는 매력들…….

아름답고 수려한 외모도 아니랍니다. 현금 다발도 아니랍니다.

그렇다면 화려하고 멋진 직업이 매력적인 걸까요?

아름다운 외모나 현금 다발, 또는 화려한 직업들이 매력으로 느껴져 사람들의 이목을 집중시키는 건 사실이겠죠. 일면을 바라보는 사람들에겐 충분한 매력으로 다가올 조건이기도 하니까요.

조건의 매력들은 짧은 시간 곁에 머물 사람들이 바라보는 겉모습일 뿐일 거란 생각에 머무릅니다.

한 사람을 내 속에 담아내기 위해서 수없이 많은 시간들을 바라보고 겪어가며 오해로 싸우기도 하고, 같은 시간과 공간에서의 경험들을 하나하나 엮어가며 만들어 내는 결과의 매력들이, 진심으로 다가오는 매력이 아닐까 싶네요.

나와 다른 사람들과의 어울림의 시간들…….

지나치고 보면 짧은 시간을 바라보았다는 생각이 들겠지만, 온전히 마음을 주며 주의 깊게 바라본 시간들은 기나긴 시간들이 되어 있을 겁니다.

그대는 분명 아름다움의 매력이 있는 사람입니다. 그것도, 깊고 깊은 매력이요.

무언가를 말하고 결정할 때에 한 번쯤은 더 생각해 보고 깊이깊이 생각하는 그댄 품위가 있는 사람이라는 생각이 듭니다.

매력의 눈과 깊은 마음을 가진 그대가 남을 위해 살아가겠노라 말하는 모습은 더없이 아름답기만 하죠. 배려하는 그대 마음이 아름답네요.

시간을 쪼개가며 바라보게 되는 그대…… 아름답게 그대를 바라보는 하루가 될 거랍니다. 사랑으로 그대를 지켜보고 힘을 실어주는 하루가 될 거라고 약속합니다!

너무 길게 떠들었죠?

간단히 말하면, 힘내라는 말이랍니다.

아름답고 예쁘고 멋진 그대들! 힘내시라고요!

멋진 삶을 살아가는 그대에게

바쁘고 정신없는 하루!

피곤에 찌든다 해도 행복한 하루를 보내고 있다는 생각이 든다면 당신의 삶은 멋지답니다.

정신없죠? 살아간다는 게 정신없죠?

바쁨이 있는 살아감속에 깨달음을 느끼고 있다면 당신의 삶은 아름답습니다.

때로는, 세상속에 어울림이 스스로 너무 나약하지 않을까 하는 생각이 든다해도…… 존재하는 삶의 이유가 된다는 건 분명한 사실이랍니다. 잠시나마 여유를 부리고 싶은 순간이 마음에 자리잡기도 하겠지만요.

늘어지지는 말자구요. 한숨 쉬지도 말자구요.

살아감에 지쳐가는 시간들이 당신의 양쪽 어깨를 짓누를 수도 있겠지요.

견디기 힘들만큼 아픈 무게로 말이죠.

그래두요.

시간에게 의미를 부여하기로 하죠.

시간이 낳은 열매를 달게 맛볼 수 있도록 노력해 보자구요.

간혹 흔들리는 듯 고통스런 두통이 오기도 하고, 토할 듯한 메스꺼움이 내 속을 쓸어 내리기도 하겠죠. 육체의 통증으로 말이예요.

온몸이 쑤시고 저려오기도 하나요?

그건요 열심히 일한 흔적일 뿐이랍니다.

피곤해도 아파도 의지로 버티어 내는 그대는 너무 아름다운 사람입니다.

그런 그대가 바로……

삶을 사랑하는 너무 멋진 그대랍니다.

온몸이 쑤시고 저려오기도 하나요? 그건요 열심히 일한 흔적일 뿐이랍니다. 피곤해도 아파도 의지로 버티어 내는 그대는 너무 아름다운 사람입니다.

그런 그대가 바로……

삶을 사랑하는 너무 멋진 그대랍니다.

코스모스가 사랑한 소년
(꽃말 소녀의 순정)

나는 작은 키에 조그마한 꽃잎을 서너 장 피워내는 여려 보이기만 하는 작은 꽃으로 태어났습니다.

살랑이는 가을바람이 계절을 유혹하듯 불어오는 즈음에 여린 보랏빛 모습으로 세상에 왔답니다.

가늘기만 한 연약한 몸 줄기를 타고난 덕에 인기척을 느끼는 순간이면 움찔움찔 놀라기만 하는 겁이 많은 꽃입니다.

혹시나 누군가 나를 꺾는다면 꽃을 피워내기 힘들어질지도 몰라, 바람에 몸을 실어 인기척을 피하고는 했었지요. 살랑이는 찬바람이 불 때면 기다림의 아픔이 시작되는 여린 나를, 사람들은 모두가 코스모스라고 부르더랍니다.

언제나 나를 뒤흔드는 차가운 바람이 심한 흔들림으로 다가와, 나를 아프게 만들기도 힘겹게 만들기도 하지만요—그래도 보랏빛 미소만은 잃지 않으려 입가에 힘을 주며 혼자만의 미소를 짓는 버릇이 생겼답니다.

어쩌다 눈물이 날 때면 바람에 날려 온 먼지 때문이라며 어설픈 핑계를 대고는 눈물을 재빨리 훔쳐 버리죠. 여려 보이기만 하는 나를 보며 사람들은 가끔 슬픈 얼굴을 하기도 하더군요. 간혹 눈물을 보이는 여린 사람들도 있었습니다.

가을바람이 불어오던 어느 날—동그란 눈으로 날 바라보며 고운 미소를 활짝 지어보이던 아름다운 소년이 하나 있었답니다. 그 까맣고 맑은 눈망울로 나를 바라보는 소년의 눈 한 가득 내가 있었답니다. 그 해맑고 환한 미소 한 가득 나를 바라보고 지어보였답니다.

꽃은 사람을 사랑할 수는 없다나요?

그런데도 난 소년을 사랑해 버리고 말았답니다. 맑은 소년의 미소가 너무 아름다웠거든요.

그날 이후로 소년은 몇 날이 지나도록 보이지 않네요. 아름다운 미소를 가진 소년은 나와 다른 매력을 가진 꽃들을 향해 그 곱고 아름다운 미소를 지으러 가버린 건가요?

그날 이후로 소년은 몇 날이 지나도록 정말 보이지 않습니다.

내가 피워낸 여린 꽃잎은 찬 기운이 성큼 다가올 때마다 시들어 가고 하나씩 떨어져 갈 텐데 말입니다.

처음으로 가슴앓이라는 걸 알게 한 소년을 기다리고 또 기다려보지만, 소년의 모습은 온데 간데 보이지 않습니다.

소년을 향한 마음은 걷어내기가 너무 힘들었기에…… 내 발목을 사로잡는 흙속의 뿌리가 야속하기만 합니다. 애석하게도 난 한자리에서만 기다릴 수밖에 없었으니까요. 어쩔 수 없는 일인 걸요.

소년을 찾아보려 아무리 애를 써도 찾아 나설 방법조차 없어 애가 타는 기다림으로홀로 아파합니다.

간혹 아름다운 풀벌레들이 노래하며 나를 유혹하기도 하지만, 이미 소년에게 향한 내 마음은 돌아올 줄 모르네요.바보처럼…… 바보처럼…….

사랑해선 안 될 소년을 사랑해 버린 난, 영원히 슬픈 사랑으로 눈물을 흘려야만 했습니다. 꽃잎이 사라지는 순간까지…….소년의 미소를 다시 볼 수 있기를, 한자리에서 긴 그리움으로 기다리고만 있답니다.

가질 수도, 만질 수도 없는 모습이 찬바람과 함께 아픔으로 불어옵니다. 차가운 바람이 조금만 더 더디 불어와 준다면 좋겠습니다.여린 보랏빛 내 모습이 마른 땅속으로 사라져 먼 곳으로, 다시 돌아 올 수 없는 곳으로 가버리기 전에 단 한 번만이라도 소년을 만나보고 싶거든요.

다시 태어난다면, 여리디여린 보랏빛 꽃잎처럼 예쁘지만 쉽사리 사라지지 않는 고운 소녀로 태어나 내 모든 삶을 이슬이 만든 눈물로 채웠던…… 긴 기다림으로 사랑했던 소년을 다시 만나 슬픔이 없는 아름다운 사랑을 하고 싶습니다.

| 이 책을 마치며 |

먹자골목 이야기는 여기서 마치지만, 수많은 사람이 모여드는 먹자골목 이야기는 계속해서 이어지겠죠. 아름다운 마음이 가득한 이야기들이 많아지길 바라며……

다음에 또 만나요.

김 시 은